[法]贡斯当

(Henri-Benjamin Constant de Rebecque,

1767—1830)

黄天源，1943 年 8 月生，广西灵山人，广西民族大学教授。曾两次享受教育部奖学金到法国巴黎第四大学和巴黎高等翻译学院留学进修，多次陪同政府代表团访问法国，被评为广西优秀回国留学人员。曾任广西翻译协会会长。出版译著 11 部，其中《符号学原理》获广西社科优秀成果二等奖，被学术界广为引用；在外语类核心刊物发表论文十余篇。

↑《阿道尔夫》，黄天源译，黄建华校

1985 年 2 月首印 86000 册，书号：10256 · 114

责任编辑：刘硕良；装帧：文希；封面：张达平；插图：申绍军

↑ 冰心先生题签

↑法文版《阿道尔夫》封面（1972）
↑英文版《阿道尔夫》封面（1964）

## 《旅伴文库·锦囊旧书》出版说明

《旅伴文库·锦囊旧书》，从改革开放初期的 80 年代，即漓江出版社初创阶段，广西最早走向全国的畅销外国文学名著中遴选书目，旨在重温党的十一届三中全会开创的改革开放新时期的光辉岁月。选题视野开阔，经典意义鲜明，且多属市场稀缺之作，在全国以至海外产生过很大影响，至今仍在市场上具有竞争力。

漓江出版社是改革开放的产物，又是改革开放的见证者、促进者、服务者。在不断深化改革开放的新时代，出版这样一套经典文集，既是对漓江优秀传统出版物的一次有效梳理，更是对改革开放成果的纪念性回顾。

宝物压舱，好货沉底。书虽曰旧，读之弥新。此番重印，装帧设计统一，内文略有校正，并在可能条件下增入译者附言，或相关资料、图片，以期焕发更多新的光彩，为更多的后来读者服务。

在此谨向诸位译著者致以深切的谢意，对业已离世的先贤哲友表示深深的怀念！

刘硕良

# 目 录 / Contents

附　录

# 译本序　心理分析小说的奇葩

黄建华*

天源同志嘱我校阅译稿并为译本写序，我想这不是因为我对法国文学有什么专长，而是他有意让我分享一下他的可喜的成果，也可以说是沾一分光。他为此专门来信提醒我："序言"千万别落俗套，即沿袭一"生平"、二"梗概"、三"评价"那样的写法。可见他已成竹在胸，这"序言"他自己就能够写好的。

他说不要按上述的"一、二、三"的办法去写，是有道理的。因为我国已出版了《法国文学史》(中册)，书中用了近二十页的篇幅介绍贡斯当(Henri-Benjamin Constant de Rebecque)的生平、著作、《阿

* 黄建华，著名辞典学家、翻译家、法国文学专家，广东外语外贸大学原校长、教授、博士生导师。

道尔夫》的故事梗概、作品评价，等等，相当详尽，而著者的观点，大体上我是赞同的。那么，请读者参阅该书的这一章节就行了，我又何必多此一“序”？既然要“序”，那还得有几句自己的话要说一说的。

（一）

《中国大百科全书》的外国文学卷说：“《阿道尔夫》被认为现代心理分析小说的发端。”是否“发端”，似可再探，因为《阿道尔夫》于一八一六年问世，而在法国文学史上还有另一部被誉为开心理分析小说先河的《克莱芙亲王夫人》早已于一六七八年成书，但《阿道尔夫》是心理分析小说园地中一株经得住时间考验的奇葩，那是毫无疑问的。一九三五年去世的法兰西学院院士布尔热在他的《心理学随笔》中断言：“在十九世纪初的各种著作中，《阿道尔夫》这部小说仍然是最逼真、最动人和最富于现实性的。”贡斯当作为政治家和作家，正生长在法国社会的大动荡的年代（一七六七年生于瑞士洛桑，一八三〇年死于巴黎），曾积极参加了当时的政治活动。他在政坛上的摇摆、升沉，在议会上的进出、讲演，使他成为名噪一时的人物。他的著述甚丰，涉及政治、宗教、文学批评等多方面。这是作者的毕生着力之点。至于《阿道尔夫》、《赛希尔》（一九五一年才被发现整理出版）等自传体心理小说，贡斯当本人是不大将其放在心上的。然而今天法国的普通读者却几乎把贡斯当其他著述都遗忘了。现在，除了研究家，有谁去读他的《政治原则》《论征服精神与篡夺》等类著作呢！但《阿道尔夫》却仍然留在广大读者的心中，可以毫不夸张地说，贡斯当在法国文学史上的地位是全靠《阿道尔夫》奠定的。

《阿道尔夫》的影响早已越出法国本土的范围，连俄国诗人普希金也曾为这本薄薄的小说倾倒。据记载，诗人兼评论家维亚捷姆斯基（一七九二—一八七八）亲自将《阿道尔夫》译成俄文，并给普希金赠书，书页的题词是这样写的：

“请收下我译的这本我们所喜爱的小说……我和你经常谈到这部作品的优点……”

## （二）

“在一本只有两个人物，而且情景单一的小说里，也可能别具一番情趣。”(《第三版作者前言》)

一个青年男子，爱上一个女子，后来要离弃她，而女子却痴心一片，终于殉情而死。这样的题材并不新颖，情节也毫不曲折离奇，然而读者开卷不久，就被深深吸引住，不能放下。原来小说的魅力在于它向读者袒露了人物的多变、复杂、矛盾的内心世界。作者曾在自己的日记中写道:“在我身上存在两个人，其中一个是另一个的观察者……”小说中的主人公阿道尔夫正是一身兼了“两个人”的:一方面，他爱在社交圈子里厮混，游手好闲，不务正业，充分表现出资产阶级纨绔子弟的特征;另一方面，他内心时有强烈的追求，而且才智过人，曾渴望成就一番伟大的事业。一方面他逢场作戏，带着征服动机向爱蕾诺尔求爱，似乎是个以玩弄女性为能事的男子;但另一方面，一旦和对方建立关系以后，却不顾家庭阻挠，甘受舆论谴责，坚持和对方生活在一起。一方面他易于冲动，不计较功利，热情似火；另一方面却又以惊人的冷静不断分析、内省。如果说他的行动事前不经盘算的话，事后他几乎总要思索分析一番的。他的思索过程又进一步显示其复杂的心理和矛盾的性格。而尤为难得的是，不管主人公内心的波澜如何起伏、回旋，读者阅后谁也不会产生这是作者故意安排的感觉，相反，一切都令人觉得真实可信，因为贡斯当是以自己切身的感情经历为基础去构思这部小说的。文学史家几乎一致认为，作者和女作家斯达尔夫人时断时续的不平常的恋爱关系在《阿道尔夫》一书中留下了不可磨灭的痕迹。不少人甚至断定，《阿道尔夫》就是根据这种关系去写的。在这本书里，“环境无足轻重，性格才至关重要”（《复信》）。的确，《阿道尔夫》不以景物或外表的细致描述见长，而以内在性格的客观刻画取胜。在这一意义上来说，有的批评家还认为，这是一部现实主义小说，而且比斯丹达尔的作品还高出一筹。这种评价是否恰当，我们且不下结论，但作品艺术上的真实性却是无可怀疑的。作者在《第三版作者前言》中写道：“起码令我相信这本书在真实性方面还有某些长处的，是我所遇见的几乎所有读者，都异口同声地对我谈到，自己仿佛曾身临书中主人公的境地。”难怪连心理学家也爱引用本书主人公的心理活动作为论述的佐证了。

（三）

形象地揭示人物的内心隐秘，达到前所未至的深度，这种不寻常的艺术功力，固然是给作品带来生命力的因素，但是《阿道尔夫》成为不朽之作看来还有另外的原因，那便是主人公的内心感受既是个性化的，而同时也带有共性；它反映了十九世纪初期在西方流行的所谓“世纪病”。关于“世纪病”，我还不晓得有谁下过完整的定义。我所知道的，大体上是青年一代的无可名状的苦闷、颓唐、厌世的心理状态。这是资产阶级革命以后，青年人感到极大的失望，精神上产生了难以填补的空虚所引起的。请听阿道尔夫怎样说吧：“我年纪轻轻便受到死的念头的冲击。这个念头使得我对待一切事情的冷漠态度更加牢固。我从来不理解人家为什么那么轻松地过日子，而丝毫不想到死亡。”接着，他又说道：“……我产生了命运无常之感，脑子里充斥着朦胧的幻觉，甩也甩不开。读诗的时候，我喜欢读那些人生如梦的篇章。我觉得没有任何目标值得努力争取实现。”他对爱蕾诺尔的追求，在很大程度上既是为了遣闷，也是为了“使自尊心得到满足”。然而，他所寻求的刺激却未能稍稍充实他空虚的心灵。不久他便感到极度的厌倦，忘记了自己的信誓旦旦，一心谋求解脱。他之所以迟迟没有离开爱蕾诺尔，完全是因为还有一片怜悯之心，也就是良心未泯吧。爱蕾诺尔死后他所感受的痛苦与其说是因为失去情人，倒不如说是由于对整个生活的失望。作者要通过阿道尔夫“描写我们时代的一种主要的精神病态”。这个病态的形象，作者成功地创造出来了。因此，有的文学史家说：“《阿道尔夫》是一个时代的镜子。”

“世纪病”，在《阿道尔夫》之前早已有作家写过了，但多从人物的环境、经历去着笔，而贡斯当却通过剖析主人公的内心世界去揭示“世纪病”的病征，这是《阿道尔夫》的独到之处。也许正是这一点才使《阿道尔夫》在同时代反映“世纪病”的诸多作品中放出自己的异彩的。

## （四）

作品中纯真的爱情，往往跨越时代，超出地域，直达广大读者的心中；法国人会为林黛玉愤愤不平，中国人也能为“茶花女”唏嘘叹息。爱情悲剧的主角常常赢得读者的一掬同情之泪。爱蕾诺尔就是这么一个热情如火、不计任何功利、爱得异常执着的女性典型。她当初爱上P伯爵，正是他处于逆境的时期。她拒绝其他人的求爱，不考虑个人的前途，一心帮助他渡过难关。她爱上阿道尔夫之后，更是不顾周围的非议，无视家庭、财产、地位，甚至不惜抛弃孩子也要和阿道尔夫在一起。按平常人的眼光来看，这似乎是一个轻佻女子的行为。但细心考察一下，这其实是追求爱情幸福的勇敢之举。爱蕾诺尔曾向P伯爵倾注了全部的热情，而且为他作出了重大的牺牲，却没有换得P伯爵的真正爱情。她虽然给P伯爵生了两个孩子，但仍然没有成为P伯爵的正式妻室。P伯爵“本来可以和她结成更体面的关系，但他并没有对她提这件事，也许他根本就没有想过这件事”。“在与P伯爵的关系中，她总是处于难堪的从属地位，她的心受了损伤。”她压抑着自己的本性，尽量让自己适应P伯爵圈子中的一切，努力向上流社会的生活方式靠拢；她甚至比其他妇女还要严谨得多，并且还以此为乐。就这样，本来一切都过得十分平和、安静，谁料这时候阿道尔夫却闯进她的生活圈子里来。这个青年人卓尔不群，异乎流俗，把她作为“征服的对象”热烈地追求。她经过短暂的抗拒之后，终于把内心的闸门打开，奔腾的热情冲出了牢笼，一泻而不可止。这时她的生命只有一个目的：要博得真情的无私的爱，她不能忍受在爱情的浓酒中掺进半点儿水分。可是她碰到的是一个只有一团虚火而毫无持久热情的人，她为他牺牲了一切，换来的只是悲痛、忧伤，最后只好殉情而死，于是人间又留下一出感人的爱情悲剧。过去这类的悲剧多着眼于写外部的因素，或父母的阻挠，或环境的所迫，而爱蕾诺尔悲剧却多从心理变化和性格冲突着墨。这也是《阿道尔夫》与众不同的地方。当然，心理因素的背后还是有更深刻的社会原因的。

## （五）

出现爱蕾诺尔悲剧的社会背景变换了，那个时代也离我们很远。然而优秀的作品，不管时代相隔多久，地域如何殊异，读后总能给人以一点启迪的。记不起我们哪一位老作家说过：恋爱是人格的交感共鸣，所以恋爱的真纯程度是以人格的高下为准的。爱蕾诺尔的不幸在于：真遇俗（P伯爵的）、实遇虚（阿道尔夫的），只有一方的“真纯”，遂致酿成尖锐的冲突。

在爱情的镜子下，
谁能把自己的灵魂遮掩？

这是我国诗人魏钢焰的诗句。确实，拿这爱情的镜子一照，也就可以看出阿道尔夫飘忽、虚浮、轻率、冷漠、软弱的灵魂。和他相比，爱蕾诺尔的心灵要高尚得多。

不过，无论如何“真纯”的爱情，总不能存在于真空里。我想起鲁迅《伤逝》中的故事，涓生与子君的分开，要说直接原因当然是后来的性格、志向的殊异，如果子君仍如从前那样坚强、勇敢，他们又何至于非要分手不可？然而我们却不能否认社会浓重的黑暗对他们的压力，他们两人正是在封建势力压迫的罗网下诀别的。爱蕾诺尔的悲剧也有类似之处，归根结蒂也可以说是由当时的社会环境造成的：阿道尔夫的父亲对儿子的软硬兼施，T 男爵对他的拉拢和暗中捣鬼，周围人的攻击和敌意，无时无刻不对阿道尔夫产生影响。爱蕾诺尔所追求的那种超然物外的爱情，如何能在这种环境中存在下去？“爱蕾诺尔的不幸证明，即使是最炽热的感情，也无法与现实事物的秩序抗衡。”（《作者致出版商的信》）再说，无所附丽的爱情，犹如花之缺乏养分，一旦到手，便开始衰萎，何况当初阿道尔夫的追求就带着满足虚荣心的欲望呢！

今天，在我们的社会里，造成爱情悲剧的总体环境是不存在了，但局部环境却并未完全消失，爱情悲剧还时有所闻。且不说那些受满脑子封建思想的父母干预或被名缰利锁所纠缠的爱情，即便是自由结合的恋人中，也不时会演出这种悲剧的，逢场作戏，境过情迁，色衰爱弛，恐怕是其中的主要原因吧。当阿道尔夫追求得手之后是何等的狂热啊！

爱蕾诺尔委身后，我对她的爱慕和尊敬千百倍地激增。我在男人中间走起路来昂首挺胸、傲气十足，对他们投以支配者的目光。光是我呼吸的空气便是一种享受之物。我面向苍天，感谢它赐予我的出乎意料的无限恩惠。

爱情的魅力啊，谁能将你描绘？你是一种信念，令人坚信已经找到天赐的人儿；你是突如其来的光辉，照亮人生，似乎明示人生的奥秘……

可是，后来他却把爱蕾诺尔的爱情视为不可忍受的桎梏，前后判若两人。阿道尔夫自己只好承认："我对她是寡情薄义的。"作者在《作者致出版商的信》中似乎对阿道尔夫的一生下了断语："他留下的足迹只是他的过失的记录。"

我相信《阿道尔夫》这个译本是会吸引许多读者，尤其是吸引青年人读下去的，希望年轻人掩卷的时候，也来思考一下爱情这个令人神往而又十分严肃的人生课题。

# 第三版作者前言

我同意重印这本十年前出版的小册子，并不是毫无犹豫的。几乎可以肯定，比利时有人想抛出一个伪造本。这个伪造本会像比利时赝制者在德国散播并传进法国的大多数伪造本一样，不顾本人原作的内容，肆意添油加醋，弄得庞杂臃肿。如果不是这样，我是绝对不会过问这本书了的。我写这本书的唯一意图，是想使聚会于乡间的两三位友人相信，在一本只有两个人物，而且情景单一的小说里，也可能别具一番情趣。

一旦着手这一重版工作，我就想发挥一下浮现在我脑海中的其他一些想法，这些想法我觉得不无某些用处。我要描述那些内心冷漠的人因引起别人痛苦而产生的苦恼，我还要描述他们以为自己轻浮或堕落的程度比实际情况更甚的幻觉。相隔了一段时间后，他造成的痛苦的形象似乎显得淡漠、模糊了，就像一层易于穿透的云雾。社会以规矩取代原则，以礼节代替感情；它憎恶丑事是由于怕引起麻烦，而不是因为伤风败俗，因为当丑事不外扬时，它是能够接受罪恶的。他因得到这样一个彻头彻尾虚伪的社会的赞许而受到鼓舞。他认为，不经盘算而建立的关系很容易破裂。但是，他却看到了：这种关系的破裂引起了苦恼；受骗的心灵感到痛苦的震惊；怀疑替代了完全的信任，而这怀疑必然针对那个有别于世界上其他人的人儿，并进而扩展到整个世界；敬重之情受到了压抑，再也不知道往哪儿寄托。这时，他才觉得在痛苦的心中有着某种神圣的感情，因为这颗心在爱。他发现，认为自己唤起而又不去分享的爱情，其植根是多么的深；如果他要克服所谓的软弱，那就得同时毁掉自己身上所有的宽厚，打破一切忠诚，牺牲一切高贵和善良的品性。他致命地伤害了自己心灵的一部分，无视同情心，滥用软弱性，借口道德的冷酷而违反道德标准。这样，他才取得了胜利，并且振作了起来。当然，局外人和朋友是欢迎这一胜利的。但是，他善良的天性却泯亡了，只剩下了可耻的残生，被这可悲的成功败坏了的残生。

这就是我要在《阿道尔夫》一书中描绘的画面。是否能做到，我就不晓得了。但是，起码令我相信这本书在真实性方面还有某些长处的，是我所遇见的几乎所有读者，都异口同声地对我谈到，自己仿佛曾身临书中主人公的境地。他们这些人，对于自己给别人带来的一切痛苦都有悔恨的表示。但是，透过这悔恨，确实也流露出某种不可名状的自鸣得意的神情。他们喜欢将自己描绘成跟阿道尔夫一样，被他们自己激发起的执着的爱情所纠缠，成为别人对他们所怀有的深情的爱的受害者。我认为，他们当中大部分人是在给自己脸上抹黑。若是他们的虚荣心能让他们平静，他们本来是可以心安理得的。

无论如何，有关阿道尔夫的一切，对我来说已经变得十分无所谓了。我不认为这部小说有什么价值。我再重复一遍，让这部小说再次同也许已经将它忘记的公众见面（如果他们好歹也知道有这本书的话），我唯一的意图就是要声明：一切含有非本书所载内容的版本，都不是出自我的手，本人对此概不负责。

# 阿道尔夫

# 出版商卷首语

许多年前，我游历意大利，因湟托河[1]泛滥而滞留在卡拉布里亚[2]地区的一座小镇上，住在一家名叫瑟兰查的旅店。旅店里还住着一个外国人，他也是由于同样的原因而被迫住下来的。这个外国人沉默寡言，显出很忧伤的样子。但是他倒没有表露任何焦急情绪。有时候，我也跟他抱怨几句行程上时间耽搁，似乎他是我在此地唯一能说心里话的人一样。他却回答说：

“留在此地或上别处去，对于我来说，都是一样的。”

服侍这个外国人的是个那不勒斯仆人，但他连主人叫什么名字也不知道。旅店主跟这个仆人聊过。店

① 意大利南部地区小河。
② 意大利半岛的南部地区。

主告诉我，这个外国人旅行并非出于猎奇，因为他既不游览名胜古迹，也不考察人事。他书读得很多，但从来不讲究连续性；他晚上出外溜达，总是独自一人；白天，他常常双手抱着头，一动不动地坐着。

待到交通恢复，我们可以继续旅行的时候，这个外国人却得重病倒了下来。出于人道主义的考虑，我认为有责任留下来照顾他。瑟兰查只有一个乡村外科医生。于是，我想派人到科赞兹去寻求更有效的救助。

“不必了，”外国人对我说，“我身边的仆人正是我所需要的医生。”

他说得有理。他的话也许比他所想象的还要灵验，因为仆人真的把他的病治好了。

“我原是看不出你这样有本事。”他风趣地对仆人说，同时把他打发走了。然后，他谢过我对他的照顾，也上路了。

几个月后，我在那不勒斯收到了瑟兰查旅店主寄来的一封信，连同一只在通往斯特隆哥利的路上拾到的盒子。我和外国人都是走这条路的，只是各走各的罢了。旅店主认为，这只盒子准属于我俩中的一个。

盒子里装着很多信，这些信日子久远，没有地址，或者是地址和落款均已抹掉；盒子里还装着一张女人的肖像，以及一个本子，本子上记载的就是下面将要谈到的逸闻或者说故事。这些物品是外国人的，他离开旅店的时候，没有给我留下任何地址，因而无法给他写信。于是，我便把这些物品保存起来，至今已有十年了。至于能否用得上，我一直没有把握。后来，在德国的一座城市，我偶然与几个人谈起这件事，其中一个恳切地要求我把保存的这些手稿交给他看。八天后，他把手稿退回给我，还附了一封信。这就是我刊在这个故事后面的那封。我之所以放在书后，是因为如果未了解这个故事之前就先去读信，那是不好理解的。

这封信促使我作出印行这本书的决定，同时也使我确信出版这本书不会触犯任何人，也不会牵连任何人。对原文我没有作过只字改动，甚至隐去真名实姓也并不出自我的手，这些名字以起首字母表示的人，似乎都仍然存在。

# 第一章

我二十二岁那年，卒业于哥廷根大学。家父是某小公国的廷臣，他的愿望是让我游历欧洲最出色的国家，然后把我召回身边，在他属下的部门见习，以便有朝一日接替他。在大学里，虽然周围的人生活放荡，我学习却相当刻苦，所以，在同学中，我的成绩出类拔萃。家父因此对我寄予期望，不过，这种期望也许是很不切合实际的。

由于家父对我寄予厚望，所以对于我们所出现的许多差错，他总是采取十分宽容的态度，从不让我承担这些差错带来的后果。大凡我有什么要求，他也总是应允，有时还主动迎合这些要求。

遗憾的是，他为人庄重、宽厚有余，而慈爱、体贴不足。我深信他完全有权利得到我的感激和尊敬。但是，在我们之间，却从来没有存在过真诚信任的关系，他的脑子里总有点什么嘲弄人的东西，这与我的脾性是格格不入的。那时，我只求沉湎于原始的、强烈的感受中，好让心灵脱离寻常状态，使之蔑视周围的一切事物。

我从家父身上看到的不是一个学监的样子，而是一个冷漠苛刻的观察员的形象。与你聊天，他总是先同情地微笑一下，然后，很快就不耐烦地把话头掐断。我已经记不起，在我人生的头十七年，曾否有哪一次跟他好好聊上一个钟头。不过，他写的信倒是挺亲热的，信中充满着合理的忠告、令人感动的指点。但是，一旦我们面对面相处，他就感到有什么拘束的东西，连我也无法说清楚，并且潜移默化地在我身上产生作用。

羞怯，这内心的痛苦，纠缠着我们直至暮年。它压抑心中最深刻的感受，僵化辞令，往往使到了嘴边的话变了样。于是，我们只好用一些模棱两可的词句或者多少带点苦涩的反话来表达自己的思想，就好像我们不能让别人了解自己感情上的痛苦，便要向这种感情进行报复似的。不过，那时我还不懂得什么叫羞怯。我不知道，父亲连跟自己的儿子在一起也有羞怯心理。而且常常有这样的情况：他想要我向他表示点亲热，而他冷冰冰的脸色却似乎不许我这样做；经过长久的等待之后，他就含着眼泪离开我，向别人诉说我并不爱他。这些，当时我也是不知道的。

我与家父在一起的这种别扭劲，对我的性格产生了很大的影响。我跟他一样害羞，而且更容易激动，因为我年纪还轻。我惯于将自己所感受的一切埋在心里，形成一些孤独的主意，只靠自己的力量付诸实施，把旁人的意见、关心、帮助，甚至别人在场，统统视为一种束缚、一种障碍。

我还养成这样的习惯：自己内心所想的，绝不向别人透露；如果要与别人聊天，那也不过例行公事地应付一下而已；为了活跃谈话气氛，就滔滔不绝地说笑话，这样也就觉得不那么腻味，同时也有助于隐瞒自己的真实思想。其结果，一方面，缺乏感情的自然流露，这一点，时至今日，朋友们仍有微词；另一方面，不易进行认真的谈话，而要加以克服，总是十分困难。

与此同时，我又产生了强烈的自主愿望，对周围的旧关系深为厌倦，而对建立新关系又感到难以克制的恐惧。只有孤身独处，我才觉得舒服自在。这种情绪的影响就是这样，甚至到现在还是如此，在无关紧要的场合，当我要对什么进行抉择的时候，别人的露面也会使我心慌意乱，我自然而然的动作就是溜走，以便安静地思考一番。不过，这种脾性通常表露的极端利己主义，我却没有：虽然我只想到自己，但对自己关心得并不多。我把某种感情上的需要埋藏到心底深处，自己并没有察觉，但是，这种需要得不到满足，使我接连地疏远一切曾引起我好奇的事物。

我年纪轻轻便受到死的念头的冲击。这个念头使得我对待一切事情的冷漠态度更加牢固。我从来不理解人家为什么那么轻松地过日子，而丝毫不想到死亡。十七岁那年，我亲眼看见一个老太太死去。她的才智出众而又奇特，曾经启迪过我的心智。就像很多别的女人一样，这妇人刚步入人生，就以巨大的勇气和罕有的才干，投进她并不了解的社交界；也像很多别的女人一样，她没有屈从那种矫揉造作然而又是必不可少的礼仪，结果她发现自己的愿望落空，锦瑟年华流逝，而欢乐全无。最后，衰老降临，她还不服气。她在家父领地附近的一座城堡度日，郁郁寡欢，深居简出，她的脑子是她唯一的用武之地，她借此揣摩着世上的一切。差不多有一年的时间，在我们没完没了的交谈中，我们曾经从各个角度探讨过人生，并且将死亡看作是一切的归宿。就在我与她大谈特谈死亡之后，我竟亲眼看着死神收拾了她。

这件事使我产生了命运无常之感，脑子里充斥着朦胧的幻觉，甩也甩不开。读诗的时候，我喜欢读那些人生如梦的篇章。我觉得没有任何目标值得努力争取实现。

奇怪的是，这种感受正随着自己年龄的增长而日渐淡薄。难道这是因为期望有其不稳定性，而当期待一旦从人的生活中消失，人生就具有更严肃、更实在的性质吗？正像云开雾散，山巅便清晰地显现在地平线上一样，也许由于一切幻觉消失了，人生才显得更真实？

我离开哥廷根，来到小城D。这座小城是一位君主的驻地。与大多数德国君主一样，他温和地统治着一个面积不大的小国，保护前来定居的开明人士，给一切言论以充分的自由。但是这位君主囿于旧习，只与其廷臣打交道，因此，他所聚集的多半是无足轻重的平庸之辈。

当我来到这个宫廷的时候，我引起了人们的好奇。这是很自然的。任何闯进这个宫廷，打破枯燥刻板生活的来客，都会引起人家的好奇心。在那几个月里，我没有发现任何足以吸引我的注意力的东西。他们对我殷勤备至，这我是很感激的。但是，有时是羞怯妨碍我去领受，有时是无目的的躁动叫我疲倦。我宁愿独处，也不愿去分尝他们邀我共享的那种无聊的乐趣。我并不厌恶任何人，但引起我兴趣的人却不多。

然而，人对冷漠是感到不快的，他们认为这是心怀恶意，或是装模作样，他们不愿意相信别人与他们在一起会自然而然地感到厌倦。有时候，我也极力约束自己不要露出厌倦的样子，于是干脆守口如瓶，一言不发，但是他们又把沉默寡言视作倨傲；有时候，当沉默使我闷得发慌时，我禁不住要开几句玩笑。脑子一活动开来，说起话就失去分寸。我竟然把一个月观察到的笑料在一天之内统统倒了出来。

听我突然下意识地吐露真情的知己，并没有因此感激我。他们是对的，因为我这样做不过是出于说话的需要，而不是出于对人家的信任。妇女们率先对我的看法大加发挥。我与她们谈话时，对于一切通行的准则、一切刻板的程式，有一种抑制不住的厌恶感。因此，当我听到那班庸人非常得意地谈论有关道德、礼仪和宗教方面既定的、不容争辩的原则时（他们往往将这一切等量齐观），我就不由自主地想唱反调。这倒不是我有什么相反的主张，而是因为我对他们那种如此刻板、如此顽固的信念感到不耐烦。此外，我也不知道是什么本能提醒我怀疑这种不受任何限制、纯之又纯的普遍公理。蠢人们把他们的道德变成不可分的铁板一块，使道德尽可能不掺进他们的行动，让他们得以为所欲为，不加检点。

由于我老是这样唱对台戏，不久，我便得了个轻佻随便、爱挖苦人、不怀好意的名声。我的辛辣话语被视为心怀仇恨的表现，开几句玩笑则被看作是对圣贤的亵渎。那些我不该揶揄的人指责我怀疑某些原则，他们认为维护这些原则是理所当然的事。我无意中使他们互相取笑对方，于是大家便对我群起而攻之，似乎我指出他们的可笑之处，便泄露了他们自我倾吐的隐情；似乎他们在我面前显出原来的面目，就可以叫我答应保持沉默。我可无意认许这种昂贵的承诺。他们以放纵自己为快事，我则以观察他们、描绘他们为乐事；他们所谓的背信弃义，在我看来，那是对他们所作所为的无可指摘的、理所当然的报应。

我无意在此为自己辩护。那种未见世面的天真汉惯用的不值一提的简单手法，我早就弃之如敝屣。我只是想说：要学会立身处世，适应那个由私利、伪装、虚荣、恐惧所造成的人世，是得花时间的。这对别人是如此，对我这个现在远离社交界的人也是如此。少年时代看到如此弄虚作假、装腔作势的社会觉得惊讶，这表明心地纯洁，而不是灵魂丑恶。那个社会对此是没有什么可担心的：它如此沉重地压在我们头上，暗中的影响如此强大，因此会很快地按通常的模子塑造我们。于是，我们只是对昔日的惊讶感到诧异。我们在这种新形势下怡然自得，就好像是上戏院，人很多，刚进场的时候，透口气都很费力，后来最终也能自由自在地呼吸一样。

某些人一旦摆脱了这种通常的命数，便把内心的不以为然埋藏起来。他们从大多数的笑料中看到罪孽的萌芽，他们不再借此开玩笑，因为轻蔑代替了嘲弄，而轻蔑是不露声色的。

于是，在我置身的小圈子里，众人对我的性格流露出一种隐隐约约的不安情绪。不过，在我的行为举止中，他们抓不住任何把柄，相反，某些事情倒还表明我的厚道和忠诚。这一点，连他们也不能加以否认。但是，他们说我是个缺德的、不可靠的人。他们巧妙地创造这两个形容语，为的是要影射并不存在的事实，让人猜度并不了解的事情。

## 第二章

我悠悠忽忽、心不在焉、百无聊赖，没有发觉自己给人造成的印象。我的时间，分别消磨在经常中辍的学业、从未付诸实施的计划，以及不大能引起我兴趣的娱乐之中。正在这时，一件表面上微不足道的事，使我的心情发生了重大变化。

我有一位年轻挚友，几个月来，极力追求我们社交圈子里的一名绰约出众的女子。对于他的风流韵事，我是个毫无利害关系的知情人。费了一番功夫后，他终于博得了那女子的欢心。以往的挫折坎坷，他不曾对我隐瞒，所以这次他觉得也应该把他的成功告诉我；再说，没有什么比得上他的激动和狂喜了。

眼看着这幸福的情景，我为自己未作一试而深感遗憾。直至那时，我还一直没有遇上什么可以使自尊心得到满足的艳事。新的前景仿佛在眼前展现，新的需要在心底里萌发。这需要带有许多虚荣的成分，不过，也不纯粹是虚荣，或许虚荣比我想象的要少。人的感情是错综复杂的，它由许许多多观察不到的千变万化的感受构成；而言语，又总是过分粗略、过分笼统，虽然它能够反映感情，但是却永远无法说明其特性。

在家里，我对待女子的那一套是与道德不大相符的。家父虽然严格遵守表面的礼仪，但对有关男女私情的事，却常常不乏轻狂言语。他把这种事情视为儿戏，不是允许，就是原谅，并且认为只有婚姻才需要认真对待。他的原则是，一个年轻人，应小心避免干出别人称之为荒唐的事情，即不要与一个在财产、出身、社会地位方面都不门当户对的人确立持久关系。但是，对待所有的女子，只要不涉及婚姻问题，似乎都可以先占有而后抛弃。有句名言道：此举不会给她们造成多大痛苦，却会给我们带来不少乐趣！对这句名言，我曾经看到家父含笑表示赞同。

殊不知，在少年时代，这一类言词已经留下多么深刻的印象。在那样的年纪里，孩子们的思想还没有定型，看到这一类大家赞赏的玩笑与大人教给他们的规矩相矛盾，他们感到多么惊讶。在他们眼中，这些规矩只不过是父母出于职责给他们灌输的俗套，而那些玩笑才真正包含生活的奥秘。

我被朦胧的冲动折磨，心里打着主意：我渴望得到爱。我注视着周围，但是，能够引起我爱的欲望、可以领受我的爱的女子一个也见不到。我扪心自问，觉得自己对谁也没有特别喜爱。我的内心就这样一直躁动不安。

正在这个时候，我认识了P伯爵。P伯爵年纪四十，他家与我家是深交。他提议我到他府上去作客。这真是一次不幸的探访！他有一情妇，叫爱蕾诺尔，是位波兰女子，尽管已非妙龄，但其美貌仍远近闻名。这女子虽然身处逆境，但在许多场合都表现出高贵的品格。她的家在波兰颇负盛名，由于当地的动乱而破了产。父亲被流放，母亲带着她到法国避难。母亲死后，她便处于孤苦伶仃的境地。后来P伯爵爱上了她。我第一次见到爱蕾诺尔时，她和伯爵的关系早就建立，并且可以说是固定下来了。我一直不知道他们的关系是如何形成的。她陷进了一种和她的教养、习惯以及高傲的性格都格格不入的生活中，难道是因为不幸的际遇或年少无知吗？在P伯爵的财产几乎荡然无存、任凭威胁的时候，爱蕾诺尔居然对他如此忠贞不渝，鄙夷地拒绝各种最有引诱力的追求，以极大的热忱，甚至带着欢快的心情分担他的忧患和贫困。即使按最严格的观点来看，其动机的纯洁、行为的无私，都是不能不加以肯定的。这些我都知道，也是人所共知的。正是由于她的活动、她的勇气、她的理智和她毫无怨言地作出各种牺牲，才使得她的情人收回了部分财产。为了继续打官司——一场会使P伯爵完全恢复荣华富贵的官司，他们迁居D城，计划住上两年左右。

爱蕾诺尔的智力并无过人之处，但是她的见解是正确的；她的话语朴实，有时却能以高尚昂扬的感情去打动人。她有诸多偏见，但所有的偏见都与自己的利益背道而驰。她最注重端庄的举止，正因为按传统观念，她自己的举止并不端庄；她笃信宗教，是因为宗教严厉谴责她的生活方式；她绝不在聊天时开些在别的妇女看来只不过是无伤大雅的玩笑，因为她经常害怕别人利用自己的身份而恣意冲她开些有失体统的玩笑。她只打算在家里接待那些身份高贵、人品端正的男子，因为妇女们通常结成混杂的小团体，在社交中只求寻欢作乐，甘愿丧失人格。她不愿与这些人同流合污，一想到她们，她就打战。

简言之，爱蕾诺尔时时在与自己的命运作斗争。在某种意义上说，她以自己的一言一行，向自己所属的阶级表示抗议。她感觉到现实比她强大，她的努力无法改变自己的境况，因而她十分不快。

她给 P 伯爵生下了两个小孩，对他们的管教十分严厉。在她倾注给孩子们热烈有余而温柔不足的母爱中，有时似乎夹杂着一种秘而不宣的反感，致使她对孩子们多少有些厌烦。当别人怀着善意跟她谈论孩子的成长、他们所显露的才华，以及他们未来的职业时，就会看到她脸上一阵苍白，因为她想到，总有那么一天，要对他们说出他们的身世来。但是，只要稍有风险——哪怕离开孩子们一个小时——她就会带着后悔的心情惶恐不安地回到他们跟前，希望用自己的抚爱，把连她自己也感受不到的幸福给予他们。她的感情和她在社交界的地位之间的极不协调，使得她的脾气变化无常。她通常神情恍惚，沉默寡言；可是，有时说起话来却急风暴雨。由于某种古怪的念头纠缠着她，所以，即便是闲聊，她也从未好好地保持冷静。正因为这样，在她的举止中，总有些激烈的出人意料的成分，使她变得很泼辣，而她的天性本来不是这样的。她缺乏新思想，她的奇特的处境补偿了这一缺陷。人们关切、好奇地打量她，把她看作是泼辣的美人。

正当我的心灵需要爱，我的虚荣心需要成功的时候，爱蕾诺尔出现在我的面前。她是值得我去征服的对象。而爱蕾诺尔呢，在自己的社交圈子里，来了一个与她所见过的男子有别的人，她也感到心情愉快。她那个圈子的人，有她情夫的几个朋友或亲属以及他们的妻子。由于P伯爵的声望，大家只好也把她接纳进圈子里来。在那个圈子里，做丈夫的感情贫乏，主见不多；做妻子的与自己的丈夫差不离，只是显得更平庸，更易于激动，因为她们没有男子那种由于处理事务和办事有节奏而养成的宁静心境。一个较为轻浮的玩笑，一次略微出格的谈话，以及某种忧伤与喜悦、沮丧与兴致、热情与轻蔑混集在一起的特殊感情，都使爱蕾诺尔惊愕不已，深深吸引她的注意力。

爱蕾诺尔会说好几种语言，当然不是毫无瑕疵，但也常常说得十分生动，有时还别有韵味。她要说明的意思，似乎要经过克服重重障碍之后才组织起来。通过这么一番努力才表达出来的思想，更加有趣，更为纯真，也更加新颖别致，因为外国语可以活跃思想，使之摆脱时而平淡无奇，时而矫揉造作的表达方式。我们一起念英国诗歌，一起散步。我常常在早晨去看她，晚上还去一趟。我们海阔天空，无所不谈。

我想以冷静的、不偏不倚的观察者身份，对她的性格和内心世界作一全面了解。但是她的每一句话，我都觉得有说不出的优美。于是，我产生了这样的欲望：博取她的欢心。这个欲望给我的生活注进了新的情趣，以不寻常的方式激励我去生活。这种近乎神奇的效果，我认为完全归功于她的魅力。如果不是被自尊心约束的话，我还会更充分地享受她的妩媚的。在我和爱蕾诺尔之间，这自尊心是个第三者。

我认为自己需要加快步伐，走向预定的目标，因此我没有完全沉溺于个人的感受之中。我迟迟不吐露我的心迹，因为我觉得要说就得马到功成。我并不相信自己爱上爱蕾诺尔，却又忍不住要去讨她的欢心。她一直吸引着我。我制订种种计划，设想种种办法去

她的每一句话，我都觉得有说不出的优美

征服她。我自命不凡，而经验缺乏，也没有经过任何尝试，总以为必定成功无疑。

然而，难以克制的羞怯却使我止步不前。我的话到了嘴边又咽了回去，或者虽然说出来了，却与自己所想的是两码事。我的内心斗争着，我在生自己的气。

我终于找了一个理由，使我觉得能够体面地摆脱这场斗争。我心想，根本用不着性急，爱蕾诺尔对我所酝酿的求爱是没有思想准备的，最好还是耐心等待。为了心安理得地过日子，我们几乎总要想方设法掩饰自己的无能和软弱的，因为这样做，我们的一部分自我便得到满足，而自我的这一部分可以说是自我的另一部分的旁观者。

这种情况在持续下去。每天，我都把第二天铁定为向她表白爱情的日子。但是，每个“第二天”都像前一天一样过去。一离开爱蕾诺尔，羞怯就从我身上消失。于是我重又捡起巧妙的计谋和深思熟虑的策略。可是，一回到她身旁，我就又浑身颤抖，心慌意乱。若是她不在场，无论谁了解了我的心绪，都会把我看作一个沉着、不易冲动的风月场中的老手；若是在她身边，谁看见了又都会认为我是个多情而又笨拙的新手。这两种判断都错了。在人的身上并没有完全统一的东西，几乎任何人都不会百分之百地真心实意，也不会完全奸诈无义。

这样反复多次的实践，证明我没有勇气对爱蕾诺尔当面直说，于是我便决定给她写信。这时，P伯爵外出不在家。我对自己性格上的弱点所进行的长时间斗争，因为不能克服这种弱点而表现出的急躁，对自己的试图能否成功缺乏把握，这一切便使得我将一种酷似爱情的激动带进信里。此外，由于受到自己笔调的振奋，写到最后，我终于感受到一点激情，那正是我曾竭尽全力想要表达的。

爱蕾诺尔在我的信中看到了她自然会看到的东西——一个男子短暂的冲动。这个男子比她小十岁，心中闯进了他还不熟悉的情感，他更多的是值得怜悯，而不是惹人生气。她善意地给我回了信，对我进行亲切的诱导，向我表示真诚的友谊。但是却声称，在P伯爵回来之前，不能接待我。

回信令我震惊。我的幻想由于碰了壁而受刺激，把我的整个身心占据了。一小时以前我还自鸣得意地去假装的爱情，此刻我突然觉得强烈地品尝到了它的滋味。

我立即跑到爱蕾诺尔家去，仆人告诉我，她已经出门去了。于是，我又给她写信，哀求她最后见我一面。我用揪人心肺的言词，把我的绝望以及她的残酷决定引起我作出的痛苦打算渲染一番。我白白等了大半天，也没有接到回信。我不断地重复：明天我要不顾千难万险闯进爱蕾诺尔家去，跟她说话。只有这样叨念着，我才能压住那不可言状的痛苦。

晚上，有人给我带来了她的回信，言词是温和的，我觉得从中看出她某种后悔和忧愁的情绪。但是她坚持原来的决定，宣称那个决定是不可改变的。

翌日，我又来到她家，她已经出门到乡下去了，仆人们连村子的名字都不知道。他们甚至无法把信送去。

我长时间呆立在门边，以为再也没有机会见到她了。我感受的痛苦，连我自己也觉得惊奇。想当初，我不过是渴望成功，反正是尝试一下，要放弃不干，也不会难过的。我根本没有料到痛苦会如此强烈，无法抑制，令人心碎。有好几天，日子都是这样过去的。我不思娱乐，也无心学习。我不住地在爱蕾诺尔的门前徘徊。我还在街上游逛，仿佛在每条街道的拐角，都会有希望遇见她似的。

一天早上，我照样漫无目的地闲荡，借疲劳以驱走烦躁。正在这时，我看见P伯爵的车子外出归来了。他认出了我，便走下车来。寒暄几句之后，我便一边强隐自己的慌乱，一边跟他谈起爱蕾诺尔突然出门的事。

“对了，”他说，“她有一位朋友，住地离这儿不远，遇上了什么不愉快的事。爱蕾诺尔觉得，她的安慰会对她起作用。于是，她不跟我商量就走了。她这个人，感情高于一切，思想一向活跃，几乎总要做点好事才安心。我身边十分需要她，我马上给她写信，她过几天准会回来的。”

他的这颗定心丸使我平静下来，我顿觉痛苦减轻了。自从爱蕾诺尔走后，我第一次能够畅快地呼吸。她虽然不像P伯爵所希望的那么快回来，但是，我的生活恢复了正常，焦虑也开始消退了。一个月后，P伯爵派人告知我，爱蕾诺尔晚上就要回来。P伯爵十分注意维护爱蕾诺尔在这个社交圈子里与她的性格相符，而似乎又为她的身份所不配的地位，所以他要邀请几位女亲戚和女友共进晚餐，她们都同意来见见爱蕾诺尔。

往事又萦回我的脑际，先是模糊，不久便鲜明起来。我的自尊心也从中作祟。要和这么个曾经把我当作小孩看待的女人见面，我感到难堪，备受侮辱。我仿佛看见，在我走近的时候，她微笑了，笑的是这么短暂的离别居然平息了一个小青年的冲动。我分明看到这笑中包含着对我的鄙视。我的感情是一步一步地炽热起来的。甚至那天起床时，我也没有再想爱蕾诺尔，可是，接到她回来的消息一个小时后，她的形象又闪现在我的眼前，占据我的身心。我居然担心见不到她而焦躁起来。

我一整天都待在家里，可以说，我是躲起来了，因为我害怕稍微走动会妨碍我们的会面。然而，没有什么比这次会面更简单、更肯定的了，但我还是以巨大的热忱渴望它的到来。我的愿望太强烈了，竟觉得这是不可能似的。我焦急得心如火焚，时时看着表。我不得不打开窗户呼吸，在血管里流动的血液热得烫人。

我终于听到时钟在敲响，上P伯爵家去的时间到了，我的焦急一下子变成了羞怯。我慢吞吞地穿衣服，不再有急于到达的想法。我极度惧怕我的期望化为泡影，我可能就要体验痛苦的滋味，这种感觉如此强烈，以至我心甘情愿将一切往后推。

我来到 P 伯爵家，时间已经不早了。我瞥见爱蕾诺尔坐在室内深处。我没敢朝前走，似乎大家的眼睛都在盯着我。我走到大厅的角落里躲了起来，让一群闲聊的男人遮挡住。我就从那儿凝视爱蕾诺尔。我觉得她有点儿变了，脸色比通常苍白。P 伯爵发现我躲在角落里，便走过来拉起我的手，领着我向爱蕾诺尔走去。

“我向你介绍，”他笑着说，“一位对你的不辞而别深为惊讶的先生。”

爱蕾诺尔正在与一个靠她身旁坐着的妇女说话。看见我，她到嘴边的话就停住了，神色呆滞，而我自己更是呆若木鸡。

我们终于聊了起来。我向她提了一些不痛不痒的问题，双方都装出镇静自若的样子。宣布入席了，我伸出手臂让爱蕾诺尔挽着，她没法拒绝这样做。

“要是你不答应明天十一点在家里接待我，”我边领着她走边说，“我就立即出走，抛弃我的故乡、我的家庭、我的父亲，断绝一切社会关系，放弃我应尽的义务，随便到什么地方去，尽早结束我这条你乐意去残害的生命。”

“阿道尔夫！”她回答说，但又犹豫起来。我做了个要走开的动作，我不知道自己的面容表达了什么，但是我却从来没有感到如此强烈的挛缩。爱蕾诺尔看着我，脸上露出惊恐与疼爱相夹杂的表情。

“我明天接待你，”她对我说，“但是，我恳求你……”

很多人跟着我们走了过来，她没能够把话说完。我用胳膊夹着她的手，一同入席。

我本想坐在爱蕾诺尔旁边，但主人另有主意，我被安排到差不多正对着她的地方。晚餐开始时，她若有所思，别人跟她说话，她对答温和，却又很快便心不在焉。她的一位朋友见她言语不多、神情沮丧，问她是不是生病了。

“最近这段时间我不大舒服，”她答道，“现在我还相当难受。”

我渴望给予爱蕾诺尔一个好印象，便在她面前表现得聪明可爱，想博得她的好感，并且让她对自己答应我的约会有思想准备。我千方百计吸引她的注意力，总是把话题引到她感兴趣的内容上来。邻座也与我们一起聊了起来，我因为有她在场而受到鼓舞，终于能够使她注意听我说话了。不久，我就看到她脸上绽开了笑容，我为此兴高采烈，眼神中流露出感激，她也不禁受到了感染。她的忧愁不见了，精神也集中了。看到我从她那里得到幸福，一种悄悄的喜悦在她心中扩展开来，她不再抗拒这一喜悦了。当我们离开餐桌时，我们的心是相通的，似乎我们从来没有分离过。

“你瞧，”我领着她回大厅时，对她说，“你支配着我的整个生命，我什么地方惹了你，使得你要以折磨我来取乐呢？”

# 第三章

我一夜没合眼。我的脑子里再也没有别的考虑和计划了。十分诚恳地说，我确确实实爱上了她。我之所以爱她，不再是出于对成功的渴望，而是心里有了一种需要：见我所爱的人，与她朝夕相处。这一需要固执地支配着我的行动。十一点刚过，我就去见爱蕾诺尔。她正在等我。她想说话，我却要她先听我说。我几乎站立不稳，所以就在她身旁坐下。话不得不常常中断，我是这样说的：

“我并非来抗议你所作出的判决，并非来收回我向你吐露的，然而已经得罪了你的爱情。我要这样做是徒劳的。你所拒绝的爱情无法打消。我现在尽量镇静地和你说话，这种克制本身就是感情强烈的明证，而这感情却把你伤害。不过，我不是要跟你谈这感情才请你听我说的，恰恰相反，我是要你忘记它，要你像从前那样接待我，不再去回想那一时的狂热，不要因为你所了解的、我本该埋在心底里的秘密而惩罚我。你知道我的处境，了解我的所谓奇怪、孤僻的性情，洞悉我这颗不谙世事、在众人中处于孤立却又因孤独而痛苦的心。你的友谊支撑着我，没有这友谊，我就无法生活下去。我已经养成了见你的习惯，这一良好的习惯是你培养和促成的，这是我悲哀、暗淡的生活的唯一慰藉。我做了什么竟致要失去它呢？我太倒霉了，我再也没有勇气去承受如此漫长的不幸。我无所希冀、无所要求，一心只想见到你。要我活下去，就得让我来看你。”

爱蕾诺尔缄默不语。

“你怕什么呢？”我又说道，“我有什么奢求？我所要求的，不外是你给予所有普通人的东西罢了。你害怕的难道是社交界吗？社交界沉湎于一本正经的琐事，不会察觉像我这样的一颗心。我怎能不小心谨慎呢？这难道不是关系着我的生死荣辱吗？爱蕾诺尔，依了我的请求吧，我会从中得到若干快慰的。你这样享受我的爱，看到我就在你的身旁，仅仅属于你一人所有，仅仅为你而存在；看到我因为有了你而脱离苦海和绝境，我所感受到的一切幸福全仰仗着你，你会感到惬意的。”

我就这样磨了很久，排除种种异议，想尽千方百计搬出种种理由为自己辩护。我是那么听话、那么恭顺。我所要求的并不多，要是遭到拒绝，我会感到多么不幸啊！

爱蕾诺尔终于感动了，但她给我提了好几个条件，只同意我偶尔来见她，并且要在许多人都来的场合里，还要我保证绝对不提爱情。她的要求，我全都答应了。我们彼此都很满意，我满意的是夺回了眼看就要失去的宝贝，而她则为自己的宽宏大量、富于同情心和处事谨慎而高兴。

一到第二天，我就利用所得到的允诺，和她聚会，随后的日子也是如此。慢慢地，爱蕾诺尔就忘记要求我少来一些了。不久，她就觉得每天见见我是很自然的事。十年来，爱蕾诺尔对 P 伯爵忠贞不渝，赢得了他的完全信任。他给予她最大限度的自由。他要与那种想把他的情妇驱逐出社交界的舆论作斗争，他喜欢看到爱蕾诺尔的朋友不断增多。在他眼中，家里高朋满座，是他战胜舆论的标志。

每当我一来到，我就看见爱蕾诺尔目光流露出喜悦。与别人闲聊的时候，她的眼睛总是很自然地转向我。要是别人谈到什么有趣的事情，她总叫我去听。但是，她却从来不是一个人单独待着的。整个晚上，除了几句不痛不痒或断断续续的话之外，我简直无法跟她说上点什么心里话。这种严重的压抑状况很快就令我火冒三丈。我变得忧郁、寡言、阴阳怪气，说起话来尖刻辛辣。如果别人单独与爱蕾诺尔聊天，没有我的份，我就难以自制，我会突然打断他们的谈话，哪怕别人因此而生气我也毫不在乎，也绝不会因为害怕损害她的声誉而有所顾忌。她对我的变化埋怨起来。

"你要我怎么办呢？"我不耐烦地对她说，"你大概以为对我有大恩大德吧，我不得不对你说，你错了。我不理解你这种处世的新花样。你从前深居简出，对浪费精力的社交尽力推托，回避那些本不应该开始，却又延续下去的没完没了的清谈。今天，你的门户却向着整个地球敞开。我请求你接见我，真好比连整个宇宙也和我一样受到同样恩宠。我得承认，看见你过去那么稳重，真没料到你今天如此轻浮。"

我发现爱蕾诺尔的脸上显出了不快和忧愁，便蓦然间心软了下来。

“亲爱的爱蕾诺尔，”我对她说，“与那些成群成群的死皮赖脸缠你的家伙相比，难道我不该有别于他们吗？难道友谊没有它自身的秘密吗？在大庭广众之下，在喧闹聒噪声中，怎能没有疑虑和羞怯呢？”

爱蕾诺尔一方面表现出不妥协的姿态，另一方面又害怕我会再做出冒失事来。这种冒失事使她非常不安，她是替自己，也是替我担心的。

于是，她给我规定的那些严格的条条框框很快改变；她开始允许我向她描绘心中的爱，逐渐地熟悉了那一套情话。没过多久，她就承认，她也是爱我的。

我在她的石榴裙下度过了好几个小时，宣称自己是世界上最幸福的男人。我信誓旦旦，保证对她温柔、忠诚，永远永远尊重她。她对我说，当她试图离开我的时候，她是何等地痛苦；有多少次，她多么希望我能透过她竭力装出的假象，了解她的心迹；耳边有那么一点儿响声，她又如何以为是我来了；一见到我，她又是那样心慌、那样快乐、那样担心；她为了小心谨慎地掩饰心中的爱情，便在社交界中消遣，并主动与那些过去不愿理睬的人打交道，这时她对自己又是多么藐视。

她说的这些话，我要她把细枝末节重复说了一遍又一遍。这几个星期的事情，我们觉得好像是整整一辈子的经历。

爱情，魔幻般地填补了漫长的记忆。一切别的情感需要追溯往事，爱情则神奇地创造了往事，让我们生活在其中。可以说，爱情给我们这样的感觉：即使是和一个不久前还几乎是陌生的人在一起，也好像共同生活了许多年月那样。爱情不外是个发光点，然而它却似乎支配着时间。不久前，它还不存在，不久之后，它也将不再存在。但是，只要它存在的时候，它就把光芒投向过去的岁月，也射向未来的时光。

可惜，这种平静维持不久。爱蕾诺尔对自己以往的过失记忆犹新，所以对自己的弱点就更加提防。而我呢，幻想、愿望，还有那一套我自己也没有察觉的自负理论，都通通起来造这一爱情的反了。我老是畏葸胆怯，常常动火，我抱怨、发怒，对爱蕾诺尔横加指责。她不止一次打算断绝这种只会给她的生活带来不安和混乱的关系，而我则不止一次地用哀求、否认和眼泪使她平静下来。

有一天，我给她写了信：

爱蕾诺尔，你不知道我是多么痛苦。无论是在你身旁，还是远离你，我都同样感到不幸。我们不在一起的时候，我四处踯躅，觉得生活像个大包袱，压得我无法忍受。交际令我讨厌，孤独又使我憋得透不过气来。那些冷眼旁观的人，他们对我的烦恼一无所知，他们对我只有好奇而无关心，只有惊讶而无同情。他们竟敢对我大谈别的事情，而缄口不提你。他们给我心中带来极大的痛苦。我逃离了他们，但是，我孤零零的，找不到一点儿空气输进我那受压抑的心胸。我奔向那苍茫的大地，它也许会裂开，把我永远埋没；我把脑袋贴在冰冷的石块上，它也许能平息那吞噬我的高热。我拖着沉重的脚步走上那座可以看见你的房子的山丘。我站在山丘上，眼睛盯着你的幽居之所，我可是永远不能与你一起住在那儿的了。若是我早一点遇上你，你就会属于我的！我就会把天赐的心上唯一的人儿搂在怀里。现在这颗心痛苦不堪，因为它寻找你，而找到你的时候已经太晚了！

我胡思乱想了几个钟头，可以去见你的时间终于到了。我便胆战心惊地踏上通往你的住所的道路。我害怕所有遇见我的人会猜出我的心思，所以我停了下来，复又慢慢地往前走，我要推迟幸福的时光。这幸福，受到种种威胁，我总以为马上就要失去；这是一种不完全的、受干扰的幸福。每时每刻都可能合起来破坏这幸福的，既有各种令人沮丧的事件和嫉妒的目光，也有难以驾驭的任性，还有你自己的意愿！

当我来到你房子的门槛、把门微微打开的时候，一阵新的恐惧竟把我攫住，我像罪人一样向前走去，向眼前所有的物品请求饶恕，似乎它们都是仇人，都在觊觎我要享受的欢乐时光。一点儿声音都令我惊慌，周围稍有动静便把我吓坏，连自己走路的声音也使我退缩。即使在你身旁，我也害怕你我之间会突然被某种障碍隔开。

终于，我见到你了。见到了你，我才能呼吸。我凝视着你，停住脚步，恰像一个逃犯找到了使他免于一死的靠山。但是，当我的整个身心向着你，当我由于极度焦虑而十分需要安静，需要把头枕在你的膝盖上，需要放声痛哭一场的当儿，我却必须极力克制自己，甚至在你身旁，我也要小心翼翼地过日子：不可能有一时的流露真情，不可能有须臾的失去分寸。你的目光注视着我，我的慌乱弄得你局促不安，几乎冒犯了你。在那甜蜜的时光，你起码曾经向我吐露了你的爱情，但是这样的时光却由于不知什么样的拘谨而被驱走。时间过去了，新的活动吸引着你，你从不忽略这些活动，绝不推迟让我离开你的时间。其他陌生人来了，再也不可能这样看着你，为了摆脱人们对我的重重猜疑，我觉得我必须溜走了。于是，我离开了你，比原先更焦躁不安、更心痛欲裂、更失去理智。我离开了你，又陷进了那可怖的孤独之中。我挣扎着，但是遇不到一个可以依靠、可以信赖一会儿的人。

爱蕾诺尔从来没有被人这样狂热地爱过。P 伯爵对她有着十分真挚的感情，对她的忠贞无比感激，对她的人品无限尊敬。但是，他的举止始终流露出一种对于一个公开委身于他，而他并没有娶以为妻的女人的优越感。按照大家的议论，他本来可以和她结成更体面的关系，但他并没有对她提这件事，也许他根本就没有想过这件事。不过，不说的事照样存在，凡存在的事就可让人猜着。

我的狂怒、我的不公正以及我对她的指责，只不过是我对她的炽热感情、我和她的生命已经融为一体的无可置疑的证据。然而，在此之前，爱蕾诺尔对于这些是没有任何感受的。她的抗拒刺激了我的全部感官，激发了我的所有思绪。我又变得不可捉摸了，时而脾气大作，令她惧怕；时而言听计从、情意绵绵，对她崇拜得五体投地，视她为天工造物。我的爱情已近乎迷信。由于爱蕾诺尔总是担心反过来会受到侮辱，所以，这种爱情对于她更具有诱惑力。她终于完全委身了。

有些男人初恋的时候，就不相信爱情会是永恒的，这样的男人是多么不幸！有些男人依偎在刚刚征服的情妇的怀抱里，便有了不祥的预感，想着将来可以抛弃她，这样的男人真活该倒霉！一个被自己的心驱遣的女人在这个时候总有感人的神圣的地方。令人堕落的不是享乐，不是天性，也不是肉欲，而是社会使我们养成的盘算习惯和经验带来的各种考虑。爱蕾诺尔委身后，我对她的爱慕和尊敬千百倍地激增。我在男人中间走起路来昂首挺胸、傲气十足，对他们投以支配者的目光。光是我呼吸的空气便是一种享受之物。我面向苍天，感谢它赐予我的出乎意料的无限恩惠。

一个被自己的心驱遣的女人在这个时候总有感人的神圣的地方

# 第四章

爱情的魅力啊，谁能将你描绘？你是一种信念，令人坚信已经找到天赐的人儿；你是突如其来的光辉，照亮人生，似乎明示人生的奥秘；你有不可估量的价值，且与微末的机遇密切关联；你是倏忽易逝的韶光，其时的一切小事由于平和以致令人无从回忆，而在心灵中却留下悠长的幸福印记；你是使人喜出望外的快乐，有时也会无端地掺进通常的怜爱之情；你令人相见时无限欢欣，不见时满怀希望；你摆脱一切庸俗的关切，超越所有身边的事物；你也是一种信心，相信我们生活在一起，世人无从加害；你还是相通的灵犀，彼此猜到每一个念头，呼应每一次激动。爱情的魅力啊，连体验过的人也无法将你描绘！

P伯爵因紧急事务不得不离家外出六周。在此期间，我一直待在爱蕾诺尔家里，几乎没有间断。由于她为我作出了牺牲，她的爱似乎更加炽热。她总是一再挽留我，不轻易让我离开。我要走了，她就问我何时再来。分别两个小时，她也觉得难以忍受。她焦虑而又明确地给我定好相会的时间，我也总是愉快地应诺。我感激她对我表示的深情，我为此感到幸福。不过，公共生活的要求是不会完全符合我们的愿望的。我每走一步都要预先定下来，每时每刻都要算好，有时我就感到不舒服。

我不得不匆忙地进行我的一切活动，并中断大部分的社交。当亲友们提议我参加某些聚会，在一般情况下，我又没有理由加以拒绝时，我真不知道该如何对他们解释才好。我与爱蕾诺尔在一起，并不惋惜那种交际生活的娱乐，我本来对此就不大感兴趣，但我希望她允许我更加自由自在地放弃这种社交。要是我按自己的意愿回到她身边，不必想着时间到了，她在烦躁不安地等我了；要是我不会同时既想到她的痛苦，又想到我见她时就要尝到的快乐，那么我准会享受到更多的甜蜜的。

爱蕾诺尔无疑是我生活中的一大乐趣，但她已不再是追求的目标，而竟成了某种关系。我害怕损害这种关系。我在她家中进进出出，会引起她的用人、她的孩子的惊奇，他们是会注意我的。一想到会搅乱她的生活，我就战栗。我觉得，我们不可能永远结合在一起，我在使她确信我爱她的同时，建议她要谨慎些。但是，我越是向她提这类建议，她就越不想听我的。同时，我极为害怕给她带来痛苦。只要我一看见她脸上出现难过的表情，她要我怎样，我便都依她。只有她对我满意时，我才感到轻松自在。我要出去一会儿，就得跟她强调出去的必要性。当我得以离开她的时候，她那痛苦（是我造成的）的形象却寸步不离地跟着我。我忽然后悔得躁动起来，这种情绪每分钟都在增长，终于使我无法忍受，于是我便飞也似的向她跑去，把安慰她视为乐事。但是，随着我慢慢地靠近她的私邸，我对自己这种古怪的冲动却感到不快，这一感情又与我其他的感情混杂在一起。

爱蕾诺尔自己的感情也十分炽热。我相信，这会儿她对我的感情是她对任何人都不曾有过的。在与P伯爵的关系中，她处于难堪的从属地位，她的心受了损伤。而与我在一起时，她却十分舒坦、自然，因为我们完全平等相待。由于有了这种不受任何盘算、任何私利约束的纯真爱情，她觉得自己高大起来，她知道我相信她爱我只是爱我这个人。她待我一片真心，因而任何思想活动对我都不加以掩饰。但是，每当我急于早点见她，匆匆地走进她的房间的时候，总是发觉她愁容满面或者怒气冲冲。我离开她，想到她因为见不到我而难过，自己也有几个小时的难受；我回到她的身旁，在使她平静之前，我也会难过几小时的。

不过，我仍然是个幸运者。我想，得到别人的爱，哪怕是受约束的爱，也还是甜蜜的。我觉得我给她带来了好处。她的幸福对我来说是必要的，而我知道她要幸福，也少不了我。

但是，就事情本身的性质来说，我们的关系是不能持续下去的。我模糊地意识到了这一点。这个从各个角度来看都是可悲的念头，却反而使我在极度疲劳和焦灼的时候镇静下来。爱蕾诺尔与P伯爵的关系，我和她年龄的悬殊、地位的差异，我那期限临近但又因各种情况而推迟的归家日期，所有这些因素都促使我尽可能多地给她幸福，并从她那里尽可能多地领受乐趣。我自以为把握住未来的岁月，因此，对于眼前的日子并不去斤斤计较。

P伯爵外出归来了。很快，他对我和爱蕾诺尔的关系就产生了疑心，待我越来越冷淡，脸色越来越阴沉。我急忙告诉爱蕾诺尔，她就要大难临头了。我恳求她允许我暂停几天的约会。我向她指出，事情关系到她的声誉、财产和两个孩子。她听我讲了很长时间，一声不响，脸色像死人一般苍白。

“不管怎么样，”她终于开口对我说，“你很快就要走了。请别把离开的时间提前，用不着为我担心。让我们抓紧每一天，每一小时吧，每一天，每一小时就是我所需要的一切。阿道尔夫，我总有某种预感，我会在你的怀抱中死去的。”

我们还是像以往那样过日子。我总是惴惴不安，爱蕾诺尔常常愁眉不展，P伯爵则沉默寡言、心事重重。

终于，我所等待的信来了。父亲在信里命令我回去。我把信拿给爱蕾诺尔看。

“唉，”她看了信后对我说，“想不到这么快。”

接着，她泪水涔涔地拉着我的手说道：

“阿道尔夫，你看到了，没有你，我就无法生活下去。我不晓得自己前途如何，但我求求你不要马上就走，找个借口拖一拖，请求令尊大人把你的逗留期限再延长六个月吧。”

六个月，难道真要拖那么长吗？我想拒绝她的要求，可是，她哭得很伤心，身子颤抖着，脸上现出痛不欲生的表情，致使我说不下去。我扑通跪到她膝下，一把将她搂在怀里，向她保证继续爱她，然后才出去给父亲写信。我确实受到了爱蕾诺尔的痛苦的感染，信里列出了无数条推迟归期的理由，还说了留下来的好处：有些课程在哥廷根没有上，要在D城补上。信刚投邮，我就热切希望我的要求得到家父的应允。

晚间，我又上爱蕾诺尔家。她坐在一张沙发上，P伯爵靠在壁炉边，离她很远，两个孩子则在室内靠里的地方待着不打不闹，脸上露出带稚气的惊讶神情。这时，爱蕾诺尔觉察到有声响，可是并不在意。待她看见我来了，我便打手势告诉她，说她要我办的事情已经办妥。她的眼睛闪出了快乐的光芒，但很快就消失了。我们什么话也没有说。沉默使我们三个人都感到难堪。

“我听说你准备走了。”P伯爵终于说了话。

我回答说，还不知道走不走呢。

“依我看，”他又说道，“像你这样的年纪，应该早点谋职业。”

他看看爱蕾诺尔，紧接着又补了一句：

“不过，这儿也许不是人人都像我这样想的。”

父亲给我的回信没等多久就到了。我打开信，担心父亲拒绝延期将会给爱蕾诺尔带来痛苦。我甚至已经设想，我要以同样难过的心情去分担她的痛苦。但是，一读到信，知道他同意了我的要求，我脑子里却突然想到延期带来的各种各样的麻烦。

“还得拘拘束束再过六个月呢！”我不禁喊了起来。在这六个月里，我将要开罪一位曾经向我表示过友谊的男人，要把一个爱我的女人置于危险之中，还有可能使她失去唯一可以安静、体面地生活的环境。我欺骗父亲，为的是什么呢？为的是暂时免于承受这迟早都免不了的痛苦！这种痛苦，我们难道不是天天都在细细地、一点一滴地尝受着吗？我不过是在坑害爱蕾诺尔。我目前这样的感情，是不能使她满足的。我为她作出了牺牲，但是这种牺牲对她的幸福全无用处。而我呢，生活在这儿毫无意义，不能自立，没有片刻的自由，连安静地呼吸一个小时也不可能。

我带着满脑子的这些想法来看爱蕾诺尔。只有她一个人在家。

“我还待六个月。”我对她说。

“你说这消息的口气好冷淡啊！”爱蕾诺尔说。

“因为，我得承认，我十分担心延长归期给你、给我所造成的后果。”

“我觉得，起码对你来说，不会有什么太坏的后果。”

“爱蕾诺尔，你十分清楚，我最关心的从来不是我自己。”

“但也不完全是为别人的幸福。”

谈话已经带火气了。

爱蕾诺尔满以为我会分享她的快乐，不料我却有后悔之意，她的心受到了伤害；而她使我改变了主意，取得了胜利，也伤了我的心。争吵变得激烈了，我们互相指摘。她骂我骗了她，对她只不过是逢场作戏，使她失去伯爵的爱，在众目睽睽之下，将她重新置于她一辈子都在力求摆脱的境地。其实，我之所以这样做，只不过是出于听她的话、担心她难过而已。现在，看到她反过来怪我，我也生气了。我埋怨自己太受压抑，埋怨自己虚度青春，无所作为，也埋怨她对我一言一行所采取的专横态度。

我正说着，看见她的脸忽然泪水纵横，于是我不说了。我追回自己的话，否认自己的想法，不停地解释。末了，我们拥抱了起来，但是，第一枪已经打了出去，第一道堤围已经冲决。我们俩都说了些无法补救的话，这些话，我们可以不提它，但却忘不掉。有些事情，人们可以长时间彼此不说，但是，一旦说了出来，就会不断地加以重复。

我们就这样生活了四个月，关系很不自然，不过，有时候也有过一点儿甜蜜，但是绝对不是无拘无束的；虽有一点儿乐趣，却再也没有魅力了。

经过最激烈的争吵后，她还是那样急于要见我，那样周全地确定相会的时间，似乎我们的结合是最平和、最亲切的。我常常认为，我的举动本身，促使爱蕾诺尔处于这种欲罢不能的状态。倘若我曾经像她现在爱我那样爱她，她也许会冷静一些，也许会设身处地地想一想她面临的危险。而现在一切谨慎都令她憎恶，因为那是由我提出来的。她绝不计较自己作出的牺牲，因为她一心要我接受她的这些牺牲。她没有工夫冷静下来对待我，因为她把全部时间、全部力气都用来拴住我的心。

重新确定的归家日期临近了。一想到要走，我既感到高兴又感到惋惜，真好比一个要想恢复健康，就得经过痛苦的手术的病人的感受一样。

一天早上，爱蕾诺尔写信叫我上她家去一会儿。

“伯爵不准我接待你，”我来到她家后，她对我说，“我根本不想屈从这一蛮横的命令。在他横遭流放之时，我追随了他，挽救了他的财产，为他的一切利益效力。现在，他可以不再需要我了，但我却不能不需要你。”

她的这种打算，是我没有预料到的。为了使她回心转意，我如何苦苦哀求她，这是不难猜想的。我还把社会上的议论告诉她，她回嘴说：

“这种议论对于我从来都是不公正的。这十年间，我尽了我的义务，比任何女人都做得好，但是舆论仍然要把我逐出与我的身份相称的门第。”

当我提起她的孩子时，她却说：

“我的两个孩子是 P 伯爵的，他承认这两个孩子，他会照料他们的。忘却这样一个母亲，不需要分担她的耻辱，孩子们是会感到幸运的。”

我一再请求她别这样做，她说：

“听着，如果我与P伯爵断绝关系，那你会拒绝来见我吗？”

她猛然地抓住我的胳膊，重复说：“你会拒绝这样做吗？”

这猛烈的举动使得我颤抖起来。

“当然不会，”我回答说，“你越是不幸，我就越忠于你。但是，你得考虑考虑……”

“一切都考虑过了，”她打断我的话，“伯爵就要回来了，现在你出去吧，别再回到这儿来！”

那天余下的时间，我是在难以言状的焦虑中度过的。两天过去了，我没有得到关于爱蕾诺尔的一点儿消息。我由于不知道她的命运，甚至因为见不到她而十分难受。我对于这种空虚所造成的痛苦感到惊奇。然而，我却希望她放弃她所作出的决定，我为这个决定替她十分担心。

当我开始为此感到庆幸的时候，一个女佣送来了她的一张字条，请我到某某街某某号住宅的四层楼去见她。

我立即跑到那座楼房去，心里还在暗想：她不能在P伯爵家接待我了，所以要另找地方最后一次跟我谈话。

我到了那儿，见她在整理房间，准备长期住下去。见我来了，她便走过来，神情又高兴又不好意思，极力在我的眼睛里寻找我内心的感受。

“一切关系都断绝了，”她说，“我现在完全自由了。我有一笔特别财产——七十路易的年金。这已经够我开销了。再过六周，你就要走了。你走后，或许我能去与你相会，或许你回来探望我。”

她好像是害怕我答话似的，紧接着便详细谈了她的打算，讲得很多很多。她千方百计让我相信她是幸福的，她没有为我作出任何牺牲，她所作的决定完全是她自己的事，与我毫不相干。

显而易见，她对我说这些话是费很大力气的，连她自己也只相信一半。

她害怕听到我的话，极力用自己的话来自遣。我要是反驳，必然又会令她绝望。为了推迟这个绝望的时刻的到来，她滔滔不绝地讲着，极力把话拖长。我不忍心反驳她了。

我接受了她所作出的牺牲，并感谢她这样做。我告诉她，我也很幸福。我还进一步说，我向她保证，我一向希望能作出义无反顾的决定，好让我承担永远不离开她的义务。我把自己的犹豫不决归因于体贴入微的感情，为此，我不敢同意做出糟蹋她身份的事情。一句话，我要把她的一切痛苦、害怕、后悔以及对我的感情的疑虑都驱除掉。除此之外，我没有其他想法了。当时，我跟她说这些话，是没有任何别的考虑的，我倒是真心实意要遵守诺言的。

# 第五章

爱蕾诺尔与P伯爵分道扬镳，在公众中产生了不难预料的后果。转瞬间，她丧失了十年忠贞不渝、坚忍不拔所培育出来的果实。人们将她与她那个阶级所有轻佻逸乐、见异思迁的女人等同起来；抛弃孩子又使得她被视为不近人情的母亲；那些名声无懈可击的女人得意地唠叨，说什么女人最基本的德行忘记了，其他一切品德很快便要抛到九霄之外的。

与此同时人们又同情她，为的是要责备我，借以取乐。他们透过我的所作所为，看到了色鬼、忘恩负义者的嘴脸，这个人辜负了伯爵的一片好意，为了满足一时的私欲而不惜断送两个人的安宁；对待这两个人，一个他本该尊重，另一个他理应很好地照顾的。

家父的一些朋友给我提出严肃的忠告；另一些与我不大相熟的人委婉地向我表示他们的不赞成态度；

年轻人却相反，他们对我巧妙地取代 P 伯爵显得兴高采烈，开了很多玩笑，我想制止也枉然。他们对我的成功表示祝贺，还声称要向我学习。

面对这种严厉的贬责和不光彩的褒奖，我苦不堪言。我相信，要是我真心实意地爱着爱蕾诺尔的话，我就会把舆论引到支持我和她的方面来。这就是真实感情的力量，当它站出来说话的时候，那些谣传和假情假义便没有市场了。但是，我不外是个脆弱、感恩、受支配的男人，又得不到来自内心的任何力量的支持，因此，我说起话来不大自然，而且我总想尽量让谈话快点结束。如果谈话还要继续下去，我就说上几句辛辣激烈的话，让别人知道我准备吵架了。确实，我宁愿与他们干一架，也不想理睬他们。

爱蕾诺尔很快便发现社会舆论与她作对。P 伯爵有两个亲戚的夫人，当年伯爵仗着自己的影响，勉强她们与爱蕾诺尔往来。现在，他们分手了，这两个人嚷得最凶，幸灾乐祸地纵情发泄她们的敌意。这种敌意长期以来是隐藏在伦理道德的最严格准则后面的。

男士们则继续来看望爱蕾诺尔，只是说话口气有点儿随便，其意思是说：她再没有强大的保护者做靠山了，也不再有几乎是正式的结合为依据了。他们当中有的人之所以来，按他们的说法，是因为一向认识她；另一些人则是因为她美貌尚存，还因为她最近的轻浮举动引起了他们的奢望，这一点，他们也不想对她隐瞒。总之，每一个人都为自己与她的关系找理由，就是说，大家都觉得这种关系是需要有借口的。

这样，可怜的爱蕾诺尔就永远陷进了她毕生都想摆脱的境地。这一切都震动她的心灵，都伤害她的自尊心。她把某些人的随便看作鄙视自己的证明，而将另一些人的殷勤视为带侮辱性的非分之想的表现。她为自己的孤独而难过，她羞于参加社交活动。

啊！我无疑应该去抚慰她，应该把她紧紧地搂在怀里，对她说："我们彼此为对方而生活吧，忘却那些鄙视我们的人，为我们唯一的尊严、专一的爱情而高兴吧。"我也试着这样做了。但是，要重新把正在熄灭的感情火花点燃，仅凭那出于义务而下的决心，又怎么可能做到呢？

我和爱蕾诺尔互相隐瞒自己的感情。她不敢向我袒露她的痛苦，这痛苦是她作出的牺牲引起的，而她明知我并没有要求她这样做。我接受了她的这种牺牲，我不敢抱怨自己已经料到却没有能力去防止的不幸。因此我们都不提起那唯一经常缠扰着我们的想法。我们互相表示亲热，我们谈情说爱，但是之所以谈情说爱，是怕谈起别的事来。

一旦两颗相爱的心彼此之间有了秘密，一旦其中一颗心决定对另一颗心隐瞒哪怕只是一点点想法，那么，爱情的魅力就会消散，幸福就会毁灭。易动怒、不公正，甚至不专一的毛病都可以补救，但是，隐瞒、掩饰却会给爱情平添一种格格不入的因素，使爱情当场受到糟蹋，引起变质。

然而，对于冲着爱蕾诺尔的任何一点含沙射影，我都要怒不可遏地反驳；另一方面，出于某种自相矛盾的古怪态度，我在一般谈话中，却去损害她。我顺从她的意愿，但憎恶一般女人的飞扬跋扈。我不住地痛骂她们的软弱、苛刻以及她们由于悲痛而表现出来的专横。我宣扬最强硬的原则，而我这个人，却见不得一滴眼泪，别人发愁自己就心软，暗地里老是想着自己给别人造成痛苦的形象。就是这样一个人，说起话来却显得咄咄逼人，冷酷无情。我对爱蕾诺尔的直接称赞，抹不掉生硬言词所造成的印象。大家憎恨我，同情爱蕾诺尔，却并不尊重她。他们责怪她，说她没有唤起自己的情人，使他更加尊重女性，更加尊重爱情。

有一位男士，以往是爱蕾诺尔的常客。自从爱蕾诺尔与P伯爵断绝关系后，他曾对她垂涎三尺。他很不知趣地再三纠缠她，逼得她没有办法，就不再理睬他。他竟因此对爱蕾诺尔横加侮辱，讽刺挖苦。这种做法，我觉得实在难以忍受。于是我们决斗了。我打伤了他，伤势很重，我自己也受了伤。

事件发生后，爱蕾诺尔来看我，脸上交集着不安、恐惧，以及对我的感激和爱怜的表情，我简直无法描述。她不顾我的苦苦劝阻，硬住进我的住所里来，一刻也不离开我，直至我康复。白天，她给我念书读报，晚上，守着我过大半夜。她关注着我的一举一动，对我的每一个愿望百依百顺。

她的仁慈心肠使她自己的才干得到发挥，力气倍增。她不断地向我保证：我要是死了，她也不会活下去的。我的心中充满着柔情，同时也悔恨交加。我本想在自己身上挤出点什么，去酬答她对我始终不渝和温柔无比的爱。我求助于回忆、想象，甚至理智以及责任心，但这一切全都白费力气！想到我们处境的困难，想到我们必定分手的前景，也许还有我对这种无法打破的关系的反抗情绪，我的内心感到焦躁不安。我对她是寡情薄义的，而我却一直隐瞒着。我为此而责备自己。当她似乎不相信她所必需的爱情的时候，我心里十分难受；而当她好像相信这一爱情的时候，我的心里也并不好受一点儿。我觉得她比我强多了。我配不上她，我蔑视起自己来了。

想爱而得不到爱，是极大的不幸；不想爱却被狂热地爱着，则是件大好事。为了爱蕾诺尔，我已经要豁出性命；为了让她没有我也会感到幸福，我还愿意牺牲千百次。

父亲给我延长的六个月期限到了，得考虑走了。爱蕾诺尔并不反对我走，而且也不打算拖延我的出发日期。但是，她要我答应，两个月后，我要回到她身边，或者允许她去找我。

我庄严地向她作了保证。看着她极力控制自己的感情，强忍着痛苦，在这种时候，什么样的保证我不能作出呢？她本来是可以要求我不要离开她的。我心里很清楚，只要她眼泪一流，我什么都会依从她的。

她没有对我施展威严，我感激她，似乎也因此更爱她。再说，我自己要与一个待我如此忠贞不渝的人分开，也不能不感到莫大遗憾。在这样长期的关系中，有着多么深厚的感情啊！这种关系已经不知不觉地变成我们生活中最贴心的部分。我早就冷静地下决心要把关系打破，并且焦急地等待实行这一决定的时间的到来，但是时候一到，我的心中却充满恐惧。这颗可怜的心就是这样地稀奇古怪：有些人，我们跟他们生活在一起并无欢乐，可一旦要离开他们，又感到肝肠欲断。

我走后，常常给爱蕾诺尔写信。我一方面担心我的信会给她带来痛苦，另一方面又很想在信中只向她叙述自己的真情实感。我本来是要让她猜测一下我的心理活动，希望她猜到时也不感到悲伤。当我能够用感情、友谊、忠诚等词语代替爱情的字眼时，我就觉得高兴。但是，我忽然又想起爱蕾诺尔满脸愁容、孤苦伶仃的样子。是呀，除了我的信之外，她别无慰藉了。于是，我写了两页冷淡、刻板的话之后，又草草加上几句热情、温柔的词句。这纯粹是再次欺骗她！就这样，令她满意的话我从不多说几句，而愚弄她的话我总要说个不够。多么古怪的虚伪啊！其结果适得其反：它延长了我的烦恼，教我难以忍受。

我惶恐不安地过日子，每一天、每一小时都扳着指头计算着，我情愿时间放慢行进的速度。看到要实践诺言的日子临近了，我感到战栗。我根本没有考虑离家回到她身边，也没有找到任何办法，让爱蕾诺尔来我们城里居住。究其原因，也许是不得不说老实话了，也许是我并不希望她来。

我常常拿我的两种生活作比较，一种是现在没有羁绊的、恬静的生活，另一种是由于她的强烈情欲而迫使我过的整日忙忙碌碌、心烦意乱的苦恼日子。我觉得自由自在，来来去去，进进出出，谁也管不着，那多好啊！可以说，别人对我毫不在意，我也摆脱她那令人烦腻的爱，得到了安静。

然而，我不敢让爱蕾诺尔起疑心，怀疑我有放弃原来商定的计划的打算。她从信里看出，要我离开父亲是很难的。于是，她来信告诉我，她只好准备动身上我这儿来。

长久以来，凡是她决定了的事，我从不加以反对。我给她回了信，不说同意她来，也不说不同意她来，只是含糊其词地说很高兴知道她的近况，然后再加上一句，也很高兴使她幸福。

可悲的模棱两可的态度，丢人的吞吞吐吐的话语！看见这言词那样含糊我叹息起来，要把它写清楚，我又害怕得打战。最后，我决定要和她打开天窗说亮话，我想我应该这样做，唤起自己的良心，克服自身的弱点。想到她会得到精神上的安宁，一改痛苦的容颜，我就变得坚定起来。

我在房里大步踱来踱去，高声背诵我打算对她说的话。但是，刚在信上写了几行，我的态度就变了，我不是按我的话应该包含的意思，而是根据它必然会产生的效果来考虑信的内容，我的手受到一种神奇力量的摆布，完全不听指挥了。我只是在信里建议她推迟几个月再来，至于我打什么主意，却没有告诉她。我的信没有任何诚意，我列举的理由是站不住脚的，因为这些理由并不真实。

爱蕾诺尔的回信措词激烈，对我不愿意与她相会感到愤慨。她求我什么呢？不过是想默默无闻地和我生活在一起。她到这座大城市中找一个不为人知的住所，谁也不认识她，我有什么可害怕的呢？她为我牺牲了自己的一切，包括财产、孩子和名声。作为她的牺牲的代价，她只要求能像一个卑微的奴仆那样等待我，能每天与我过上几分钟，能享受一下我可以给她的快乐时光。她忍受了两个月的分离，不是因为她觉得有必要，而是因为我似乎希望她那样做。她一天天地熬下去，终于熬到了我规定的期限，而我却要她重新去受这种煎熬！她准是上当了，竟把自己的一生交给了一个严酷、冷漠的男人。我可以主宰自己的行动，但却没有权利强迫她受罪，她，已经被那个人抛弃了，而为了他，她曾牺牲自己的一切。

爱蕾诺尔尾随着那封信来了，并且通知我，她已经到达。于是，我下决心要怀着高高兴兴的心情去见她，赶到她的住处，急不可待地要把她的心安定下来，使她得到幸福和平静，起码是暂时的幸福和平静。但是，她的心已经受了伤害，所以她用怀疑的眼光审视着我，很快便发现我的勉强造作。她指责我，把我的自尊心激怒了，还侮辱我的人格，把我的软弱描绘得十分可悲。她这样做，激起了我对她的反感，这反感比我对自己的不满要强烈得多。

我们都失去了理智，狂怒起来，一切分寸都不顾了，一切斯文都被置诸脑后，就像是受复仇女神的支使，你骂我，我骂你，所有发泄深仇大恨的话语，我们都用上了。这两个可怜虫，世上就数他们互相最熟悉，最能正确评价对方，最能互相理解、相互安慰，而现在却好像是两个不共戴天的死对头，拼命地互相诋毁。

大吵大闹三个小时后，我们分了手。我们分手的时候，没有解释，没有道歉，这平生还是第一次。我刚离开爱蕾诺尔，巨大的痛苦就代替了狂怒。我目瞪口呆，对刚才所发生的事感到茫然。我诧异地重复了刚才说过的话，真不明白自己为什么那样冲动，我极力从自己身上寻找使我失去理智的原因。

夜很深了，我不敢再去看爱蕾诺尔。我决计第二天一大清早才去看她，便径直回家去了。

家里客人很多。在这大庭广众之下，我轻而易举地躲了起来，也掩盖了内心的纷乱。等到客人走了，只剩下我和父亲的时候，父亲便对我说：

“有人十分肯定地告诉我，P 伯爵从前的情妇现在住在本城。我一向给予你充分的自由，你们之间的往来，我从来不愿意四处去打听。但是，你这样年纪轻轻的，就有了一个公开的情妇，那是很不合适的。告诉你，我已经采取了措施，让她离开此地。”

说完这些话，他撂下我就走开了。

我追着他进了他的卧室，他却做了个手势，让我退出去。

“父亲，”我说，“苍天作证，我希望她幸福；只要她幸福，我可以答应永远不再见她。不过，请你三思而行。你以为那样做就能把我和她拆散，而实际上却很可能促使我永远与她结合在一起。”

我马上把那个陪我去旅行的随身男仆叫来，他也知道我与爱蕾诺尔的关系。我吩咐他，如有可能，马上去探明家父刚才跟我提到要采取的是些什么措施。过了两个钟头，男仆就回来了。家父的秘书交代他一定要严守秘密后，便告诉他，爱蕾诺尔第二天将被命令离开此地。

“要赶走爱蕾诺尔！”我嚷了起来，“就这样蒙受耻辱被赶走？”

她，仅仅为了我，才到这儿来；她，是我伤透了她的心；她啊，我曾经看着她热泪横流，对她却没有半点同情之念！

这个不幸的女人，由于我她才失去社会的尊重。如今，在这世界上，她茕茕一身，四处流浪，她往哪里找依靠呢？她向谁倾诉自己的苦衷呢？

想到这里，我马上打定主意。我买通男仆，给了他金子，还许下了日后报答他的诺言。我雇了一辆驿站快车，早晨六时从城门出发。为了与爱蕾诺尔永远结合在一块，我制订了各种计划。我从来没有这样爱她，整个心儿都回到她那里了。我为能保护她而自豪。我真想把她搂在怀里。爱情整个儿地占据了我的身心，我直觉得脑袋、心脏、五官都在发烧，令我坐卧不安。在这个时候，如果爱蕾诺尔要摆脱我的话，我会不惜死在她面前来挽留她的。

天亮了，我跑到爱蕾诺尔的住处。她哭了一夜，现在还躺着，眼睛湿漉漉的，头发散乱着。见我进来，她很惊愕。

“来，”我对她说道，“咱们走吧。”

她想答话，我却又说：

“走吧，在这个地球上，除我以外，难道你还有别的保护者、别的朋友吗？我的双臂难道不就是你唯一的庇护吗？”

她还不愿意走，我又补充说道：

“我有很重要的理由要你走，这些理由只能私下跟你讲。请以老天爷的名义，跟随我走吧。”

我终于说服她，把她带走了。

路上，我对她倍加爱抚，让她贴着我的胸口。对她提出的问题，我仅仅以拥抱作答。末了，我才告诉她，我已经发现了父亲要将我们拆散的图谋。我觉得，没有她，我不可能幸福，我愿意为她而牺牲自己的性命；我愿意通过各种纽带，使我俩心心相印，紧紧相连。

一开始，她无限感激，但是，她很快就抓住了我话中的矛盾。她一再催问，终于从我口中得知了事情的原委。顿时，她的快乐消失了，脸上覆盖着一层忧郁的云翳。

“阿道尔夫，”她说，“你这是自己欺骗自己。你很忠厚，你之所以一心一意为我，那是因为我受到迫害；你以为自己心中充满了爱情，但是，你所具有的只不过是怜悯罢了。”

她为什么说这些令人沮丧的话呢？这个我不想知道的秘密，她为什么要给我揭开呢？

我极力安慰她，让她放心。也许我达到了目的，但是，真相透进了我的心灵，自然的感情已被破坏殆尽。我虽然下决心作出牺牲，然而我并不因此而感到幸福。脑子里已经产生的想法，我不得不又一次将它隐瞒起来。

# 第六章

当我们来到国境线上的时候，我便给家父写信。信的措词是恭恭敬敬的，但是，这里面却包含着苦涩的味儿。我埋怨家父，他企图切断我与爱蕾诺尔的关系，而结果却加强了这种关系。我告诉他，只有爱蕾诺尔安顿好了，不再需要我了，我才能离开她。我恳求他，不要逼她太甚，否则就是逼我与她永远在一起。我等着他的回音，以便决定如何安家。他回信了，信里写道：

你已经二十四岁了，我不想向你显示即将失去作用的权威，再说，这权威我也从来没有运用过。我甚至会尽可能把你的古怪行为掩盖起来。我会放出烟幕弹说，你是受我之命出差的。你要花的钱，我将慷慨提供。但是，你不久将会感到，你现在所过的生活对你并不合适。你的出身、你的才智、你的财产，应该使你在社会上有一个相配的伴侣，而不是去陪伴一个无国无家的女人。你的信已经表明，你对自己也不满意。你知道，要是让这种令人为之脸红的状况拖延下去，那将是什么好处也得不到的。你虚度最美好的青春年华，这个损失是无法弥补的。

读完家父的信，我犹如挨匕首捅了千百刀似的。我一遍又一遍地思忖他在信中对我说的话。我对于自己默默无闻、无所事事地消磨生命，感到无限羞愧。我宁愿受到斥责和威胁，这样，我进行反抗也多少有点自豪感。我本来觉得有必要竭尽全力保护爱蕾诺尔，使她免遭灭顶之灾。可是，实际上并没有任何风险，因为父亲让我享有充分的自由，不过，这自由只能使我更不耐烦地戴上枷锁，而那似乎是我自愿选择的。

我们在波希米亚小城加当住了下来。我反复想，既然我对爱蕾诺尔的命运负责，那就不能让她吃苦头。我终于克制住自己，把任何不高兴的征象紧紧地封锁住，绞尽脑汁强装欢颜，把我深深的忧伤遮掩起来。这功夫给我带来了预想不到的效果。我们都是变幻不定的天工造物，假装出来的感情，最终竟然感受到了。我掩盖的忧伤，已部分地忘记，我接连不断的玩笑，也把我的惆怅驱除。我对爱蕾诺尔温存体贴，竟至一种甜蜜的近乎爱的感情在我心中弥漫开来。

一些不该想起的往事时而侵扰着我。只要是一人独处，我便忐忑不安起来。我思索着种种古怪的计划，想突然间冲出我不该置身的境地。不过，这些想法，我都当作噩梦摒弃了。既然爱蕾诺尔显露出快快乐乐的神情，我难道可以扰乱她的幸福吗？就这样，日子过了将近五个月。

一天，我发现爱蕾诺尔十分烦躁，极力对我隐瞒一件什么事。经过我再三请求，她要我答应不反对她已经作出的决定，然后才如实对我说，P伯爵给她来信了。信里说，他的官司打赢了，他一直感激地牢记着她所帮的大忙，也怀念着他们十年的情谊，他要把一半的财产献给她。这样做的目的，当然不是要恢复旧有的关系，因为那已经不可能了，而是要她离开那个将他们拆散的阴险的忘恩负义之徒。她还说：

“我回信了。你准猜得着，我拒绝了他。”

我猜得太对了。我很感动，但又为爱蕾诺尔给我作出的新牺牲感到十分遗憾。不过，我不敢向她表示任何反对意见，因为在这方面，我的企图总是毫无成效的。

我离开了一下，去考虑该拿出什么主意。我清醒地意识到，我们的关系必须断绝。这种关系令我痛苦，对于她也变成有害的了。我已经成了她恢复应有的地位，再赢得别人尊敬的唯一障碍，而在社会上，别人的尊重是迟早会随着你的财富而来的。我也是她和孩子之间的唯一障碍，在我看来，这些都是无法原谅的。在这种情况下，对她让步不再是仁慈宽厚的表现，而是有罪的软弱行径。我已经答应过父亲，一旦爱蕾诺尔不需要我了，我便立即脱身。谋职业，开始过积极进取的生活，争取几个受人重视的头衔，发挥自己的才干，做一番高贵的事业，现在是时候了。

我回到爱蕾诺尔身边，自以为能坚定不移地按自己的计划去做。强迫她不要拒绝 P 伯爵的馈赠，如有必要，还对她声明，我不再爱她了。

“亲爱的朋友，”我对她说，“某些时候，人们也与自己的命运搏斗，但是总以屈服而告终。社会的法则比人的意志强大得多，即使是最炽热的感情，碰上倒霉的境遇，也会自然破裂。固执地只凭感情用事是徒然的，迟早总得服从理智。我再也不能让你长期置身于这种对你对我都不相称的境地。为了你，也为了我自己，我不能让你这样下去了。”

我一眼也不敢看爱蕾诺尔。说着说着，我觉得思路模糊了，决心也减弱了。我重新鼓起勇气，用一种急促的声音继续说下去：

“我将永远是你的挚友，一往情深地对待你。我们两年的情谊绝不会从我的记忆中消失，它将永远是我一生中最美好的时光。但是，爱蕾诺尔啊，那种感官的亢奋、不由自主的陶醉、忘却一切利益和一切义务的爱情，我再也没有了。”

我久久地等待她的回答，不敢抬头看她。等我终于看她的时候，却发现她呆然不动。她眼睛盯着所有物件，像是一件也没有见过似的。我拉起她的手，发觉那手冰冷冰冷的。她推开我，说道：

“你要我怎样？我孑然一身，在这个世界上孤零零的，没有一个人理解我，难道不是这样吗？你还有什么要对我说的呢？你还没有说完吗？一切不是都完了、一去不复返了吗？抛弃我，离开我，这不正是你的希望吗？”

她说完便踉踉跄跄地走开，我想去搀扶她，她却跌倒在我的脚下，昏迷过去了。我扶起她，拥抱她，想把她唤醒。

“爱蕾诺尔，”我大声地呼唤着，“你醒醒，快回到我的身旁，我深情地爱你，以最甜蜜的柔情爱你。我刚才说的话，全是骗你的，只是想让你更自由地选择自己的前途罢了。”

人心啊，是这样的轻信，简直不可理解！这几句普通的话语，跟我以前说过的许许多多谎话，简直是风马牛不相及，但是却使爱蕾诺尔苏醒过来，恢复了信心。她让我一再重复刚才说过的话，她自己则似乎在贪婪地呼吸着。她相信了我。她陶醉在自己的爱情中，把单方面的爱情当成我们两人共同的爱情。她给P伯爵回信时的态度更坚定了。就这样，我比以往任何时候都陷得更深。

三个月后，爱蕾诺尔的境况又出现了新的转机的可能性。由于派系之事，小公国里政事几经变迁，她的父亲被召回波兰，并且收回了财产。尽管他几乎不

“我孑然一身，在这个世界上孤零零的……”

认得女儿，因为妻子带着她到法国的时候，她年仅三岁。但是，做父亲的还是想她回到自己身边定居。他逃亡时一直住在俄国，对爱蕾诺尔的艳事只是偶有所闻。爱蕾诺尔是他的独生女，他害怕孤独，希望有人照料、服侍。他四处寻找女儿的下落，一经打听到了，便立即强烈要求她来相聚。

自己是否见过父亲，爱蕾诺尔也记不清楚。对于这样一位父亲，她是不可能有真正的感情的，只是她觉得应该听话。而且，这样也许可以给她的孩子一大笔财产，并且恢复由于她自己的不幸和不检点行为而失去的地位。但是，她却一本正经地声明，只有我陪伴她，她才前往波兰。

“我这样的年纪，”她说，“心灵的大门已经向新鲜事物关闭。父亲对我来说，完全是个陌生人。如果我留下来不去跟随他，别人是会殷勤备至地把他团团围住的，那么，他同样会感到幸福。至于我的孩子，他们会得到 P 伯爵的财产的。我十分清楚，我将受到普遍的指责，被视为不孝的女儿，无情的母亲。但是，我吃的苦头太多了；我已经不那么年轻，我能够承受得了社会舆论对我施加的强大压力。如果说，我的决定有冷酷之处，那么，阿道尔夫，应该责怪的是你自己。要是我对你抱有幻想，我也许会同意去波兰的。这样，分离的痛苦会由于想到日后甜蜜的重逢和持久的结合而被冲淡。不过，你却会巴不得设想我在远离你的地方，悠然自得地过着豪华的家居生活。你会给我写些得体的信，其内容我已料到：它会撕碎我的心。我可不想去冒这个风险。我并不认为我以一生所作的牺牲，终于使你产生了我所需要的感情。我没有这样的想法来求得自我安慰。不过，你终究还是接受了这一牺牲。你的行为举止的无情、我们关系的冷淡，使我尝尽了苦恼。你强加给我的痛苦，我忍受着，可我不想去承受自愿带来的痛苦。”

爱蕾诺尔的声音和语气中有一种不可言传的尖刻和激烈的味儿，它所显示出的是坚定的决心，而不是深沉的或感人的激动。一段时间以来，当她问我点什么时，她总是生气在先，好像我已经拒绝了她。她支配我的一举一动，但她也明白，我脑子里的想法却和行动背道而驰。她真恨不得钻进我的灵魂深处，彻底粉碎我的暗中抗拒，这种抗拒使她对我大为反感。我跟她谈我的处境、我父亲的心愿和我本人的希望。我越说火气越大，爱蕾诺尔却不为所动。我想唤起她的宽宏大量，好像我不知道爱情是一切感情中最自私，因而在其受到伤害时也是最小气的那样。我糊里糊涂地竭力用我的不幸去打动她，而这种不幸却是由于我留在她身边而引起的。我不仅没有达到目的，反而将她惹怒了。我答应以后到波兰去看她，但是，这没有真情、没有诚意的诺言，在她看来，只不过是表明我急于想抛弃她而已。

在加当居住的第一年过去了，我们的情况没有什么变化。爱蕾诺尔见我闷闷不乐、垂头丧气，先是感到痛苦，而后觉得受了伤害，便不断指责我，逼得我把本想掩盖的厌倦情绪直说出来。而我呢，当爱蕾诺尔显得高兴的时候，我看到她的愉快是断送我的幸福换来的，便生起气来，含沙射影，暗示我内心的痛苦，以此来扰乱她短暂的快乐。我们彼此间使用转弯抹角的言词，轮番发起攻击，随后退而作一般的申明和模棱两可的辩解，末了才沉默下来。我们都十分清楚对方要说的是什么，所以我们干脆不开口，以免听到对方的话。有时候，我们中的一方准备让步了，却又缺乏彼此修好的适当时机。我们这两颗心受过伤害，互不信任，是再也不可能和好的了。

我常常自问，为什么我仍然在这种痛苦的处境中生活下去呢？我这样回答自己：如果我离开爱蕾诺尔，她准会跟着我走，那样就会招致她作出新的牺牲。末了我想，应该最后一次满足她，陪她回到家中安顿好，她就再也不会有什么要求了。

我正要提议陪她回波兰的时候，她突然接到父亲猝然去世的消息。她父亲去世前，指定她为唯一的继承人，但是他的遗嘱却与后来发现的信有矛盾，一些远房亲戚发出威胁，声言要按这些信件去处理财产继承权。爱蕾诺尔虽然与她父亲接触甚少，但对他的去世仍然感到十分悲痛。她责备自己抛弃了父亲。这本来是她的过错，不久她反倒责怪起我来了。

“你使得我没法履行神圣义务。”她说，“现在，我一无所有，只剩下一份财产了。为了你，我可以毫不痛惜地牺牲这笔财产，但是，我不会只身前往一个我只会碰到敌人的国家去，这是肯定的。”

“我没想过要你放弃任何义务，”我回答她说，“而且，说实在的，我倒希望你肯考虑一下：我也因为没有履行自己的义务而十分难过。这一点公平，我也没有从你那里得到。爱蕾诺尔，我算是服了，你的利益高于一切别的考虑。好吧，你喜欢什么时候走，咱们就一起走吧。”

我们真的出发了。旅途上的消遣，所见到的新鲜事物，加之我们对自己的努力克制，又使得我们之间残存的温情不时地重现。由于我们对待对方有着长期的经验，由于我们共同经历过各种境遇，所以每句话，甚至几乎每一个动作都流露出对往事的回忆。我们又突然置身于过去美好的日子之中，心里不由自主地充溢着柔情蜜意。这一切，恰似几道电光，划破了黑夜，却不能将黑暗驱散。可以说，我们是靠回忆旧情过日子的，这种旧情相当强烈，我们要分开是很痛苦的；但它又太脆弱，我们要结合，也得不到幸福。为了使自己从通常的束缚中解脱，求得安宁，我便沉湎于这种心情中，很想向爱蕾诺尔表示温柔体贴，让她高兴；有时候，我还对她说些情话。但是，这种激动，这些情话，就像几片无精打采地生长在无本之木的枝杈上行将掉落的枯黄叶子一样。

## 第七章

爱蕾诺尔一回到波兰，亲戚要与她争夺的那份财产就收了回来，归她所有，但是，要作出保证，等诉讼案了结后才能动用。她住在父亲的一处领地里。而我父亲呢，在他的来信中，从不直接与我谈任何问题，只是在字里行间处处含沙射影，反对我的波兰之行。他在信里这样写道：

你从前跟我说过不走的，你曾对我大讲特讲所有不走的理由，因此，我确信你是要走的。你有着独立不羁的个性，但你干的总是些违心的事。我同情你的就是这一点。此外，你目前的情况我不十分清楚，我不想加以评论。在此之前，你一直给我这样的印象：你是爱蕾诺尔的保护人，在这方面，你的举动确有某种可贵之处，使你的品格显得更高尚，且不说你所爱慕的对象如何。今天，你们的关系已不同往昔，再也不是你保护她，而是她保护你了。你寄居她家，是她引进去的陌生人。我并不想对你所选择的道路表态，但是，由于你这样做会招致麻烦，所以我要尽可能减少这些麻烦所产生的不良影响。我给T男爵写了信，他是我国驻在你目前居住的国家的公使。我把你介绍给他。我不晓得你要不要利用这一介绍。不过，你起码要将此举视为我对你的关心的表现，而不应看作是对你的独立的干涉。你一向懂得有效地维护这种独立，以此来对抗你的父亲。

我极力不去思考这封信的笔触在我身上产生的影响。

我与爱蕾诺尔居住的地方离华沙不远。于是，我便进城去，拜访T男爵。他友善地接待了我，询问我来波兰的种种缘由和打算。我简直不知道如何回答他。这样拘束地谈了几分钟后，他说道：

“坦率地跟你说吧，我知道你此行的动机，令尊大人写信告诉我了。我甚至可以对你说，我理解这种动机。一个男人，既想断绝不合适的情丝，又怕伤害他爱过的女人，这种感情上的折磨，一个人一生中连一次也没有经历过，那是不可能的。青年人幼稚无知，往往过分夸大这样的困难处境。他们乐于相信痛苦的一切表现形式都是真实的，这种表现在暴躁易怒的女性身上取代力量与理智的全部功能。他们内心为此而难过，但自尊心却感到庆幸。这样的人，诚心诚意地自以为是为自己一手造成的绝望去牺牲，其实只是为空幻的虚荣心断送自己而已。世上如痴如醉的女子比比皆是，她们没有一个不宣称：被别人抛弃，那就是被置于死地。但是，她们一个个全都活得好好的，而且全都受到别人的抚慰。”

男爵说到这里，我想打断他的话，他却说：

“对不起，年轻的朋友，我说话比较直截了当，因为，我听说过你的端正的人品，你所显露的才华，以及你应该从事的职业，这使我不得不开诚布公地与你交谈。不管你相信不相信，我知道你心里想些什么，而且知道得比你更清楚。你现在已经不爱那个支配你、牵着你的鼻子走的女人了。你若是还在爱她，就不会上我这儿来了。你已经知道你父亲给我写了信，你很容易预料我要给你说点什么。从我口里听到那些你自己喋喋不休地重复，而又总是收不到效果的道理，你并没有感到不快。爱蕾诺尔的名声远远不是无可指摘的。”

我紧接着回答他说：

“我请求你结束这一番无用的谈话。爱蕾诺尔的早年景况很悲惨，人们可能根据一些道听途说的谣传诋毁她。但是，我认识她已经三年了，在这世界上，没有比她更高尚的灵魂，更高贵的人格，更纯洁、更仁慈的心灵。”

T 男爵反驳说：

“那就请便吧。不过，这种微妙的事情，舆论并不加以深究。事实毕竟是事实，掩盖是掩盖不了的。你不让我提起这些事实，你以为可以一笔勾销么？”

停了片刻，他又继续说道：

“听着，活在这世界上，必须知道自己想做些什么。你不会娶爱蕾诺尔吧？”

“不，毫无疑问，不会的，”我大声地说，“就连她本人，也从来没有这样想过。”

“那你究竟想怎么样呢？她比你大十岁，你今年才二十六，你还得服侍她十年。等她老了，你亦届中年，到那时，可能使自己满意的事，你一件也没有开始干，一件也没有干成。你将会感到厌倦，而她的心境也一定很差。你会觉得她一日不如一日可爱，而她则一日比一日更需要你。其结果是，你虽有显赫的出身、丰厚的财产、出众的智慧，你也只能在波兰的一个角落里无声无息地混日子，被朋友们遗忘，失去博取荣耀的机会。你还会受着这么一个女人的折磨，不管你如何尽心尽意，她也对你不满意。我只补充一句话，这一令你觉得尴尬的话题，我们以后就不再提了。文学、行伍、官场，条条大路对你都畅通无阻。你完全可以憧憬最幸福美满的姻缘，你有资格追求一切。但是，请你紧紧记住：在你和一切功名成就之间，有着一道不可逾越的障碍，这道障碍，就是爱蕾诺尔。”

“先生，”我回答说，“你的话，我想我应该洗耳恭听。但是，我也应该告诉你，你的话并未动摇我。我再说一遍，除我以外，谁也不能对爱蕾诺尔评头品足。她那真挚的感情、深厚的情意，谁也没有充分估量到。只要她还需要我，我就留在她身旁。如果让她惨遭不幸，那么，任何功名也无法使我得到安慰。纵使我的职业只是当她的保护人，在困难时支持她，以我的深情厚谊去帮助她抗击鄙视她的不公正的舆论，我也以为，我此生没有虚度。”

说完这些话，我便走了。但是，驱使我说这些话的感情，在我还没有把话说完以前，便已消失了。谁能给我说清楚这是出于什么变幻不定的原因呢？

我步行回去，以便推迟去见我刚刚勇敢地保护过的爱蕾诺尔的时间。我急忙穿过市区，这样，我自个儿待着的时间就会更长一些。

来到原野当中，我放慢了脚步，心头思绪茫茫。“在你和种种功名成就之间，有着一道不可逾越的障碍，这道障碍，就是爱蕾诺尔。”这句一针见血的话，直在我耳边回响。我对不久前无可挽回地逝去的时光作了一次长久、伤心的回顾。我记起青年时代的理想，先前主宰未来的信心，崭露头角时所受到的赞扬，也回想起自己亲眼看到声誉之光的闪耀和熄灭。我反复念着几个同学的名字。过去，我根本不把他们放在眼里，但是现在，他们仅仅靠自己顽强的努力，规规矩矩的生活，就在财产、地位和荣誉的大道上，远远地把我甩在后面；而我却碌碌无为，真觉得气闷。吝啬鬼从自己积聚的珍宝中想象出可以买到一切财产；和吝啬鬼一样，我从爱蕾诺尔身上看出我将一事无成，而我本来是可以功成名就的。我所惋惜的不仅是一门职业，我从未有过任何职业，所以各行各业都想尝试。我从来没有使用过自己的力气，还自以为力大无穷，竟至抱怨起这身力气来了。我情愿天生羸弱、平庸，这样，我起码对于目前自甘堕落的状况也就没有什么可悔恨的了。凡是对我的才智和学识的赞扬和肯定，我都觉得是无法忍受的责备，我仿佛听到人们在赞赏牢笼深处戴着镣铐的斗士那强健有力的双臂。每当我想鼓起勇气，思量着有所作为的时期还没有过去，爱蕾诺尔的形象就如同幽灵一般在我面前出现，使我的勇气和力量化为乌有，我顿觉怒火中烧，冲她而去。而由于各种念头古怪地混杂在一起，这一阵怒气却丝毫没有减轻想到会伤害她而产生的恐惧。

我的心对这种辛酸感情已觉厌倦，忽然间想寻找一种从未体验过的感情，以躲避折磨，求得安宁。T男爵随口说出的关于甜蜜、宁静的姻缘的那几句话，使我的脑子产生了求偶的理想。我想到这样的姻缘给我带来的安宁、地位，以至独立。因为，我如此长时间艰难维持的关系，使我受到了约束，这比得到承认的合法婚姻所产生的约束力还要大千百倍。我想到，要是真有这种良缘，父亲该多么高兴。于是，我产生了一个急切的愿望：回到我的祖国，在我的同伴的圈子中，恢复我应有的地位。我要以自己严肃的、无懈可击的行动，驳斥那些冷酷、无聊的恶言恶语对我的一切中伤，并以此回敬爱蕾诺尔对我的责难。

“她不住地斥责我，”我自言自语道，“说我冷酷无情、毫无同情心。啊！若是上帝赐给我这么一个妻子，社会风尚允许我承认她，若是家父收她为媳妇也不觉得脸红的话，那么，我会无限高兴地使她得到幸福的。这种令人痛苦，而且受过创伤，因而不受重视的感情，这种人家强烈要求证实，而我的心又不愿意向狂怒和威胁妥协的感情，要是我能同心爱的人、同在正常的受人尊重的生活中的伴侣一起去尽情领略，那该多甜美啊！为了爱蕾诺尔，我不是什么都豁出去了吗？为了她，我离开了我的祖国，离开了我的家庭；为了她，我把老父亲的心伤透，他还在远离我的地方叹息着；为了她，我蛰居此地，青春悄悄流逝，没有光彩，没有荣耀，也得不到欢乐。并非出于义务，而且已经没有爱情，也能作出如此巨大的牺牲，这不恰好表明了，爱情和义务会使我能够做出多少事情来吗？一个靠其痛苦左右我的女人，我尚且如此惧怕她的痛苦，那么，对于可以毫不后悔、毫无保留地献身于她的女子，为了给她驱除悲哀痛苦，我多少心血不能花啊！人们将会看到，那时的我和现在的我相比，简直判若两人！人家因不明原委而将其当作是我的罪过造成的这种苦恼，便会迅速地远远离开我。若能如此，我真要对上帝无限感激，对人们千恩万谢了！”

我这样说着，眼睛里溢出了泪水。无数的回忆像潮水一般涌进我的心头。我与爱蕾诺尔的关系使这些回忆令我十分不快。幸福的童年、我度过青少年时代的地方、儿时一起玩耍的伙伴、最先给予我深切关怀的父母，回想起这一切，我便感到怏怏不乐，心里难受极了。我不得不把最富于诱惑力的形象、最合情合理的心愿驱走，仿佛想起这些都是一种罪过似的。但是，我想象中突然出现的情侣总是与这些形象结合在一块，她赞同我的所有心愿，她分担我的一切义务，分享我的一切欢乐，她和我有着共同的兴趣，她将我目前的生活与过去青年时代联系在一起——那时，远大的前程曾在我面前展开，是爱蕾诺尔设置了万丈深渊，才把我与这一美好年华分隔开来的。

往事的细枝末节，最渺小的物件，都重新浮现在我的脑际，我仿佛重又看到我曾和父亲一起居住的古老城堡。城堡树木环抱，小河流经城墙脚下；自城堡极目远眺，视野所及，一片青山。所有这一切景物依然历历在目，充满生机，令我激动得颤抖，难以忍受。我幻想着，在这些景物旁边，有一位天真活泼的少女，用理想之花，把这一切打扮得分外妖娆，生气勃勃。

我堕入这梦一般的幻想之中，毫无计划地徘徊游荡，也不思考自己是否该同爱蕾诺尔断绝关系，因为我对所面临的现实没有明朗的观念，认识很模糊。我犹如一个饱受苦难的人。只有睡眠时才能用梦幻来自我安慰，却又预感到这个梦幻行将结束。

突然，我瞥见了爱蕾诺尔的邸宅，我不知不觉地靠近她了。我停住脚步，往另一条路走去。快要再听到她的声音了，我能够推迟这个时刻的到来，感到由衷的高兴。

日光渐弱，天空澄澈晶莹，原野一片空荡，人们已经停止了劳作，让大自然歇息。我的思想逐渐抹上了一层更阴沉、更浓重的色彩。夜，越来越深；四周万籁俱寂，只有偶尔来自远方的声音才将寂静打破。与我的想象随之而来的是一片更宁静、更庄严的感情。我放眼远望，地平线上灰蒙蒙的，看不到边，多少令我产生广漠无垠之感。

我已经很长时间没有这样的感受了，因为我一心思考个人的问题，眼睛老盯着自己的处境，连一切普普通通的观念都与我不相干了。我心里装着的只有爱蕾诺尔和我自己。我之所以想着爱蕾诺尔，是因为她使我既同情又厌倦；之所以想到自己，是因为我再也瞧不起自己了。我已经陷进了新式的利己主义之中，陷进了懦弱、不满和丢脸的利己主义的泥潭之中，可以说，我变得渺小了。此刻，我抱着另一套想法，恢复了忘我的灵性，从而能对事情进行公正的思考。我为此感到满意。我的心灵仿佛从漫长、不光彩的堕落中重新振作起来。

差不多整整一夜就这样过去了。我漫无目的地走着，跑遍了田野、树林和静谧的村庄。我不时地瞥见，在远处的房子里，一道清悠悠的亮光，把黑夜划破。

“那儿，”我暗暗在想，“就在那儿，也许某个倒霉的人正在痛苦中挣扎，或者正与死亡搏斗。死亡，这是一个无法解开的谜，平日的见闻似乎还不足以令人洞悉；这是不可移易的终结，它既不能使我们得到安慰，也不能使我们平静；死亡，通常大家都不在意，却又引起人们短暂的惊恐！”

“而我也是如此，”我继续想着，“我也陷入了这种糊涂的混乱中。我与生命抗争，好像生命不会完结似的！为了多赢得几年悲惨的岁月，我竟然在自己周围制造灾难，而时间很快就要将这些岁月夺走！别再作这些无谓的努力，看着这时间过去，看着我的日子匆匆流逝，我应当高兴；面对过去了一半的人生，应该不为所动，做个满不在乎的观众；让人家占据这生命也罢，把它毁掉也罢，可就是不要让它延长了！这生命，难道还值得去争吗？”

死的念头一向对我有着强大的支配力。当我的感情冲动时，这个念头足以使我立即安静下来。它在我的心灵中产生了它通常产生的效果：我对爱蕾诺尔的厌恶感没有那么强烈了，我的全部怒气烟消云散了；

这一夜狂怒留下的痕迹，现在只有平和的，几乎是宁静的感受了。也许，我身体上的疲倦导致这种平静。

天快亮了，我已经能够分辨出各种物体。我认出我离爱蕾诺尔的住处已经相当远。想到她会焦虑不安，我便不顾疲劳加快步子去见她。

正在这时候，我遇见了一个骑马人，他是爱蕾诺尔派来寻找我的。他告诉我，这一整天，爱蕾诺尔一直处于极度惶恐中；为了找我，她到了华沙，跑遍了四周；回到家里，满脸的焦虑神情，难以名状。村民们也四处出动，分头在田野中寻找我。

听了那番话，我浑身不自在，十分烦躁。我发觉自己受到爱蕾诺尔的监视，生气极了。虽然我自言自语地重复说，这原因仅仅是出于她对我的爱，但还是无法息怒。这爱情不也就是我一切不幸的根源吗？然而，我终究克制住了这种情绪，并为此而责备自己。我知道，她现在准会惊慌失措，痛苦不堪。我于是跨上马背，飞也似的越过那段把我们隔开的路程，回到她身边。她喜滋滋地迎接了我，我被她的激奋感动了。我们只谈了一会儿话，因为很快她就想到我该休息了。起码这一次，我没有说任何使她伤心的话就告辞了。

# 第八章

翌日，我重又被昨天引起不安的思绪困扰，随后的日子，我的情绪波动更加厉害。爱蕾诺尔想了解其中原因，但是没有成功。对于她再三提出的尖锐问题，我只是出于无奈，才用“啊，喔，是”这一类单音词作答。无论她怎样纠缠，我都顶住，因为我十分清楚，我的坦率将会引起她的痛苦，而她的痛苦又会迫使我再次藏匿内心的隐秘。

她指责我隐藏了什么秘密，忐忑不安地求助她的一个女友去把这个秘密揭开。她存心自己欺骗自己，本来这只不过是感情上的变化，可她却要寻找什么事实。

她的这位女友来跟我谈了，说我脾气古怪，费尽苦心要摒弃一切建立持久关系的想法，说我渴望断绝关系，孤身独处，不可理解。我静静地听她讲了很长时间。在此之前，这一直未对任何人说过，我不再爱爱蕾诺尔了，我的嘴巴不喜欢说这样的话，我觉得这样是背信弃义的。不过，我仍然想为自己辩解。我很有分寸地讲了我的前前后后的情况，对爱蕾诺尔大大称赞了一番，承认了我的行为有自相矛盾之处，同时又把这归咎于自己的困难处境。但是，真正的困难是我对爱蕾诺尔没有爱情，这样的话我一句也没有明说。那女友听我的诉说，受到了感动：在我称之为软弱的事儿中，她看到了宽厚；而在所谓的冷酷中，她看到了不幸。同样的话，偏激的爱蕾诺尔听了暴跳如雷，而她的不偏不倚的女友却深信不疑。

一个人，当他没有私心杂念的时候，竟是如此的公正！

不管你是谁，千万别把心里事托付给别人！唯独自己的心灵能够为自己辩护，只有它才能探明自己的痛处，而一切居间人不过成为裁判者。居间人分析、调和、理解爱情的淡漠，承认这种淡漠是可能的，而且视为不可避免，并由此而原谅这种淡漠。这样，出乎意料，在当事人眼中，淡漠倒是合情合理的了。

爱蕾诺尔的责备使我相信自己是有罪的。而从与那个自认为维护爱蕾诺尔的女人的谈话中，我晓得自己不过是个不幸的人而已。我不知不觉地把自己的思想感情和盘托出。我说，我对爱蕾诺尔是忠贞的，并且抱有同情和怜悯之心，但是我又补充一句：我现在强迫自己承担义务，这样做，却不是爱情促使的。这句真心话，我一直深埋在心里，只是有时心境不佳以及盛怒之下才对爱蕾诺尔泄露；这句真心话此刻在我眼中更有现实性，更有力量，因为它已经得到旁人的了解。当人们突然在第三者的眼前表露男女关系的隐情，这就跨出了一大步、不可挽回的一步。黑夜用阴影将心灵圣殿的毁坏之处掩盖起来，阳光透进去了，便将其暴露，并彻底完成这种破坏；如同埋葬着的尸骸，在坟茔中常常能够保持原貌，一旦受到外界的空气侵蚀，便被破坏，终至化为尘埃。

爱蕾诺尔的女友走了，我不知道她怎样向爱蕾诺尔转达我们谈话的内容。但是，当我走近沙龙的时候，我听到爱蕾诺尔在说话，声音十分激动。看见我来了，她便住了口。不一会儿，她又以种种方式，把一般的话题再搬出来，无非是旁敲侧击。

“某些友人的热情是最奇怪不过的。”她说道，“有的人热心来过问你的利益，而实际上为的是更好地背弃你的事业。他们将这种举动称之为友爱。如果这也称作友爱，那我宁可要怨恨。”

不难理解，爱蕾诺尔的女友是站在我这一边反对她的，并且似乎也不认为我的举动是什么大逆不道，这就激怒了她。我觉得，在对付爱蕾诺尔方面，我和另外一个人是相通的。这样，在我们两颗心之间，又增加了一道障碍。

过了几天，爱蕾诺尔走得更远了。她已经完全不能控制自己了。只要她认为有理由抱怨什么，她就单刀直入，嚷嚷起来，不讲分寸，不考虑后果，甘冒关系破裂的风险，也不愿意强制自己去掩饰。她和女友就这样永远吵翻了。

“为什么要让外人介入我们的争论中去？”我问爱蕾诺尔，“难道需要第三者介入才能使我们和睦相处吗？倘若我们无法再和睦相处，那么，什么样的第三者能够改变这种状况呢？”

“你说得对，”她回答说，“不过，那可是你的过错。从前，我不需要通过任何人，就可以了解你的心。”

突然，爱蕾诺尔宣称她打算改变生活方式。看得出来，她话中之意是，我之所以怏怏不乐，是因为我们生活在孤独中。她作了种种的虚假解释，最后不得已承认实情。我们面对面度过了许多枯燥单调的夜晚，时而沉默不语，时而脾气大作。长谈的源泉干涸了。

爱蕾诺尔决定，要把住在附近或者华沙的贵族人家吸引到她家里来。显而易见，她的试图不容易实现，而且也有风险。那些与她争夺财产的亲戚透露了她过去的放荡行为，散布了无数流言蜚语。我为她即将面临的侮辱而担忧，极力劝阻她不要这样做。但是，我的一番劝告是白费气力了。虽然我表示我的担心时很谨慎，但还是伤害了她的自尊心。她猜想我是为我们之间的关系而感到难堪，因为她的生活有令人生疑的不检点之处。所以，她就更急于要恢复她在上流社会的体面地位了。她的努力取得了某些成功。她拥有的财产，她的美貌（岁月仅仅使她的姿容略减），甚至她的风流艳事的传闻，总之，她身上的一切，都撩拨着人们的好奇心。不久，她的住宅便门庭若市，宾客如云。但是，一种困惑不安的秘密思绪袭扰着她。本来是我对自己的处境深感不满，但她却以为我对她的状况不满。她挣扎着要摆脱这种困境，其愿望的强烈，使她不大考虑后果。她的虚假地位又使得她行为乖戾，处事急于求成。她的头脑精确，但是思想狭隘。头脑的精确因其性情偏激而受损，而思想的狭隘则使她不能明察秋毫，探微辨异。她第一次有了目标，她急于要达到这个目标，结果适得其反，欲速则不达。

啊！她没有告诉我就悄悄往肚子里咽的苦水该有多少啊！有多少次，我一想起这一切就替她脸红，却又没有勇气对她说！

矜持和稳重会对人们产生极大的影响：我曾看到她作为P伯爵的情人更受他的朋友的尊敬，而作为巨额财富的继承人，她却没有得到她的亲戚的敬重。她时而傲气十足，时而低声下气；时而殷勤备至，时而暴跳如雷，言谈之中有一种无可名状的破坏性激情，打消人家对她的尊重。要别人敬重，那是要保持冷静的。

我这样数落着爱蕾诺尔的不是，实际上是在控诉自己、谴责自己，只要说一句话就会使她平静下来，为什么我不能说这句话呢？

虽然如此，我们在一起的生活还是比较平静的。娱乐活动使我们摆脱了往常的思绪，感到轻松一些。我们只是偶尔才两人单独在一起。除了有关内心深处的隐情外，我们互相无限信任；我们不去涉及这种隐情，而是谈论见闻和趣事。这样，我们的谈话又恢复了某些情趣。

但是，没过多久，这种新的生活方式对于我又成了新的烦恼之源。我与爱蕾诺尔周围的人打交道，发现他们用诧异的眼光看待我，我成了他们指责的对象。

爱蕾诺尔继承财产权一案判决的日期临近了。她的对手硬说她有着数不清的过失，把父亲的心伤透，而我的出现又为他们的说法提供了证据。她的朋友则责备我害了她。他们原谅她对我的一片痴情，却反过来骂我举止不端，说我滥用人家的感情，而我本来是不应该去激发这种感情的。唯有我自己心里明白，如果我抛弃她，她会紧跟着我不舍的；为了追随我，她会不顾自己的家业，也不会细细考虑是否慎重。这个秘密我不能让公众知道。因此，在爱蕾诺尔家里，对于即将决定她命运的官司，看来我只不过是个有碍它成功的局外人而已。本来是她固执己见，我深受其害，但人们同情的却是她，把她看成是被我控制的受害者。这真是莫名其妙的是非颠倒。

这时，又出现了一桩新情况，使这一痛苦的局面更复杂了。

爱蕾诺尔的行为举止，待人接物，突然发生了引人注目的变化。在此以前，爱蕾诺尔的心一直是只向着我的，蓦然间，我发现她接受并寻求周围男人的奉承。这个女人，本来是那样的矜持、冷漠、多疑，刹那间性格似乎变了样。她怂恿一群少男的浪漫感情和非分之想。他们有的被她的脸蛋儿吸引，另一些人虽然也知道她昔日的过失，却正经八百地追求起她来，而她也常常与他们单独促膝长谈。她与这些男人调情用了费人捉摸的方式，颇具诱惑力，也就是作出欲拒还留、半推半就的姿态。因为这样做所表明的是犹豫，而不是冷漠；是拖延，而不是拒绝。后来，我从她那里得知，并且事实也证明了，她这样做是打错算盘，真是可悲。她以为通过挑起我的嫉妒心，就可以重新激发我的爱情。可惜，这正像搅动灰烬无法使死灰复燃一样，爱情怎样也激发不起来。也许，她这种盘算还夹杂着女人的某些虚荣心，虽然她自己并没有觉察出来。她被我的冷漠反应刺痛了，她要向自己表明，她还是有办法讨人喜欢的。我冷落了她，在她内心孤寂的情况下，她听到别人重复那些我很长时间已不再说的情话，也许终于得到某种安慰。

话虽是这么说，有一段时间，我还是弄错了她的意图。我似乎看到了自己未来自由的曙光，并为此而感到庆幸。我把我的解脱寄托在这种骤变中，生怕这样的局面会被什么鲁莽举动破坏掉，我便变得比较温和，也做出高高兴兴的样子。可是，爱蕾诺尔却把我的温和错误地当作柔情；我希望最终看到她没有我也同样感到幸福，她又把这一希望当作是要使她幸福的愿望。她为自己的计谋奏效而十分自得。然而，有时候她看到我并没有不安的情绪，反倒惶惑起来。她指责我，说我看着别人跟她拉关系，看着别人可能从我手中夺走她，也不加防范。我用开玩笑的形式回驳她的非难，但仍然未能使她放心。她那费尽心机的伪装已经不顶事，她的脾性又表露出来了。吵闹又从另一方面发作，依然是那么激烈。爱蕾诺尔把她的过错归罪于我，向我暗示说，只需我说一声，她就会回心转意。后来，我的沉默触怒了她，她便又气急败坏地向别人卖弄风情。

我感觉得出来，尤其是在这种场合，人们是会责怪我软弱无能的。我希望得到自由，我能够得到自由，而且会受到普遍的赞许；或许我还应该得到自由，因为爱蕾诺尔的所作所为允许我这样做，而且好像还迫使我这样做。但是，她的所作所为，完全是我促成的，难道我不知道这一点吗？爱蕾诺尔一直从心底里爱着我，难道我不晓得吗？她的不检点行为是我逼出来的，难道我能够惩罚她吗？我能够作个冷酷的伪君子，以不检点为借口，无情地把她抛弃吗？

诚然，我并不想原谅自己，我谴责了自己，其严厉程度，倘是别人，也许做不到。但是，我起码可以在这儿为自己庄严作证：我处事从不出于某种邪念，而是一向受真挚、纯洁的感情所驱使。可是，抱着这种感情，我怎么竟然给我自己和别人长期造成不幸呢？

然而，社交界却用诧异的眼光注视着我。我与爱蕾诺尔居住在一起，只能说明我对她无限依恋。但是，对于她随时准备与他人建立的关系，我的态度却毫不在乎，又否定了这种依恋。人们把这种无法解释的宽容归因于对道德原则的轻浮态度，对待伦理风尚的满不在乎。他们说，这种行为表明我是一个极端自私的人，受到败坏的世风的腐蚀。这种猜测，特别适合那些喜欢胡编瞎造者的胃口，引起他们强烈的兴趣，所以大受欢迎，被广为传播。

这些风言风语也终于灌进了我的耳朵。这一意料不到的情况令我十分气愤。遭人白眼、被诽谤中伤，这竟是我长期来为她的幸福而不辞辛劳所得到的报答。为了一个女人，我把一切利益置之不顾，把人生的一切乐趣抛开，然而，受谴责的反倒是我。

我气鼓鼓地向爱蕾诺尔作了解释，一句话就把那一伙厚颜无耻的爱慕者轰走。爱蕾诺尔求助于那伙人，不外是想使我害怕失去她。她把她的圈子缩小了，现在只剩下几个妇女和为数不多的上了年纪的男人。我们四周的一切又恢复了从前那种表面的平静。但是，这种局面使我们更感到不幸。爱蕾诺尔自以为获得新的权利，而我却感到被戴上新的锁链。

我们之间这种复杂化了的关系究竟导致多大的痛苦，多少的辛酸，我是说不清楚的。我们的生活只不过是一场无休止的暴风雨。亲密已经失去了它所有的魅力，而爱情也没有任何甜蜜可言。在我们之间，甚至似乎可以暂时医治那无法治愈的伤口的短暂的旧情，也不复存在了。真相大白了，为了让对方了解我的意思，我使用了最冷酷无情的话语。只是当我看见爱蕾诺尔眼睛淌着泪水时，我才住口。她的泪水就像滚烫的岩浆，一滴滴地落在我心上，使我疼痛得大叫起来，然而却不能叫我说一句违心的话。这时，我看见她不止一次地站起来，脸色苍白，预言式地大声嚷道：

“阿道尔夫，你对我的伤害，你现在是不晓得的。但是，总有一天，你会知道。当你把我逼进坟墓的时候，你就会从我身上知道了。”

不幸的人啊！既然她已经这样说了，为什么我自己不在她之前先进坟墓呢？

为什么我自己不在她之前先进坟墓呢

# 第九章

自从上回叩见T男爵后，我一直没有去拜访过他。一天早上，我收到了他的一张便笺，上面这样写道：

我给你的忠告并不值得你如此长久地避开。对于关系到你的事情，不管你打什么主意，你仍然是我最亲密朋友的儿子，我仍然高兴地分享你们社交圈子的愉悦。我还将高兴地把你引进新的社交圈子，我不揣冒昧地断言，你是会乐意成为其中的一员的。请允许我多饶舌两句，我并不想非难你的生活方式，但是，你的生活方式越是有某些不同寻常之处，你越应该出入上流社会，以消除某些毫无根据的偏见。

一位长者对我表示关怀，委实令我深受感动。于是，我立即登门造访。我们没有谈及爱蕾诺尔。男爵挽留我用晚餐，席上只有几位才智横溢、和蔼可亲的男士。开始时我颇感拘束，但是我极力使自己自然一些。终于我也活跃起来，并且说了话。我尽了最大努力，施展自己的小聪明，搬弄见识。我发现自己成功地博得他们的赞赏。我的自尊心在这种成功中得到了满足，这是我长久以来所得不到的，它使我觉得 T 男爵的圈子更令人愉快。

拜访 T 男爵的次数越来越频繁了。他还委托我办些与他的使命有关的事，认为可以完全信赖我，没有什么不便之处。

对于我生活的变化，起初爱蕾诺尔感到意外，但是，我给她讲了 T 男爵对家父的深厚情谊，也谈到了我安慰家父所尝到的乐趣：我远离他，应该做出珍爱自己的样子，以免他操心。可怜的爱蕾诺尔——这段时间里，我信里写到她，总是带着后悔的心情——见我显得较为安详，感到很高兴，虽然常常大半天与我分开，也听之任之，没有多加抱怨。而男爵呢，一旦我们之间建立起一些信任感，就又与我提起爱蕾诺尔来了。我的本意总是想说她的好话，但是，说起她来，又不知不觉带上随便的、放肆的口吻。我时而引经据典，说明我已经认识到脱身的必要性；时而又开点玩笑给自己解围。我嘻嘻哈哈地谈论女人，谈论与她们断绝关系的难处。这些话把一位迂腐的老廷臣给逗乐了，他依稀记得，自己年轻的时候，也曾备受这种男女之情的折磨。

这样，由于我掩盖了真情，也就或多或少地欺骗了别人：我欺骗爱蕾诺尔，因为我知道 T 男爵要将我和她分开，我对她却缄口不言；我欺骗 T 男爵，因为我让他指望我会断绝和爱蕾诺尔的关系。

这种口是心非的行为与我的天性相差十万八千里。然而，一个人一旦心上有了点秘密，又总要隐藏起来，这个人就会堕落下去。

迄今为止，在 T 男爵府上，我只不过认识了他的那个特殊圈子里的男士们。一天，他建议我留下来，参加他为老师的生日举行的盛宴。

“你将会在宴会上见到波兰最漂亮的女子。”T 男爵对我说，“诚然，你在这盛会上会见不到你所喜爱的那个女子，我为此感到遗憾。但是，有一些女子，只有在她们家里才见得到的。”

男爵的这番话使我十分难受。我沉默不语，但是内心上责备自己没有维护爱蕾诺尔；而她呢，要是有人当着她的面攻击我，她是会十分激动地站出来袒护我的。

参加宴会的人数众多，他们十分注意观察我。我听到他们在我周围窃窃私语，说着家父的名字、爱蕾诺尔的名字和P伯爵的名字。我一靠近去，他们就不说了；一走开，他们又说起来。这表明，他们在说我的闲话。毫无疑问，各人又都是爱怎么说就怎么说的。我的处境实在难堪，脑门上冷汗淋漓，脸上红一阵白一阵。

男爵发现了我这窘态，便向我走来，对我关怀备至，十分殷勤，寻求一切机会赞扬我。由于他的崇高威望，不久，其他人也不得不跟着对我表示尊重。

众人走后，T男爵对我说道：

“我想再与你开诚布公地谈一谈。你为什么甘愿处于这种令你痛苦的境地呢？你这样对谁有好处呢？你以为别人不知道你和爱蕾诺尔之间发生了什么吗？你们相互讥讽，互不满意，这是大家都知道的。由于你的软弱，你损害了自己，而你的冷酷也对自己造成损害；因为，最不合情理的是：这个把你折磨得如此凄惨的女人，你却无法给她带来幸福。”

我饱尝了痛苦，现在心头还有创伤。这时，T 男爵给我展示出家父写给他的几封信，信里表明家父的痛苦比我设想的严重得多。我受到了很大震动。想到我是在延长爱蕾诺尔的不安，我的决心动摇了。末了，好像一切都联合起来与她作对似的，当我还在犹豫的时候，她却以激烈的言词使我下了决心。

我已经整整一天未归。宴会后，男爵把我留在他家里。夜渐深了，有人来当着男爵的面，把爱蕾诺尔的一封信交给我。我发现，男爵眼睛里流露出一种对我备受束缚的处境深表同情的神色。爱蕾诺尔的信如哭如诉，充满怨恨。

“啊！”我自言自语道，“我不能自由地度过一天，连安静地呼吸一小时也不可能。她处处跟踪我，把我当作奴仆，牵着我的鼻子跟着她走。”

我越是感到自己软弱无能，就越是暴躁。

“好，”我高声对男爵说，“我保证与爱蕾诺尔断绝关系，我敢于当面向她表明我的态度，你可以事先告知家父！”

说完这些话，我就向男爵告辞，匆匆离去。我刚刚说过的话，把我压得透不过气来，我很难相信自己所许下的诺言。

爱蕾诺尔在家里心急如焚地等着我。我外出后，一次十分偶然的机会，有人第一次跟她谈起T男爵正在千方百计地要我摆脱她；还把我说过的话，开过的玩笑都告诉了她。于是，她生了疑心，把脑子里想到的、她认为可以证实她的推测的各种各样的情况都凑在一起。我突然与一位从未见过面的人搭上线，这个人与我父亲之间又有着深厚的交情。这些，在她眼中都是毋庸置疑的证据。在短短的时间内，她的惶惑不安剧增，以致她完完全全地相信了她自己给我下的结论：背信弃义。

我来到她身旁，打定主意把一切如实跟她说了。但是，我受到她的指责，只顾得要把事情通通回避掉，你们会相信这点吗？我甚至否认，是的，那一天我否认了我打定主意要在第二天向她明说的事情。

夜深了，我离开了她，匆匆上床睡觉，打发这漫长的一天。当我肯定这一天已经过去了，我暂时有一种如释重负的感觉。

第二天，快到中午我才起床，仿佛推迟我们的见面时间，就推迟了那致命的时刻。

昨夜，爱蕾诺尔的心就踏实下来了。这不仅是她反复思考的结果，而且也是我昨夜的话产生了效果。她与我谈论她自己的事情，充满了信任的神情，这就最好不过地表明，在她眼中，我们两人的生命是紧密地联系在一起的。在这种情况下，我还能往哪儿去寻找话头，把她推回到孤独中去呢？

时间飞也似的流逝。每过去一分钟，就更有必要把事情对她说清楚。我向 T 男爵立下的三天期限，两天已差不多过去了，最迟后天，T 男爵就得要我回复。给家父的信已经寄走，如果我纹丝不动，不作任何尝试，就会食言。我从房里走出来，又走回去，拉起爱蕾诺尔的手，刚开始说一句话，马上又停了下来。我眼睁睁地看着太阳缓缓向地平线落下。夜，又来临了，我再次延期。现在，只剩下一天了，其实，要把事情说清楚，有一个小时就足够了。

这一天又像前一天那样过去了。我只好给 T 男爵写信，要求他再给点时间。就跟那些生性软弱的人自然而然地要做的那样，我在信中列举了一大堆理由，为我的拖延辩护，同时还说明，我的拖延并不改变我所下的决心。甚至眼前，就可以把我和爱蕾诺尔的关系看作永远破裂了。

夜，又来临了，我再次延期

# 第十章

往后的日子过得比较平稳。我已经把向她宣布我的决定的必要性置诸脑后。这件事也不再像个幽灵，总跟在我后面紧追不舍。我认为现在有充分的时间，使爱蕾诺尔的思想有所准备。我很愿意对她更和蔼、更温柔，以便日后起码能够保留友谊的记忆。

我心中的纷乱，与我在这以前所经历过的慌乱大不相同。我曾经向老天爷求情，要它在我和爱蕾诺尔之间，突然筑起一道障碍，使我无法逾越。这道障碍已经修筑起来了。

我凝视着爱蕾诺尔，有如盯着一个即将失去的人。过去曾经多少次令我无法忍受的要求，如今我再也不害怕了。我事前已有了获得解放的感觉。尽管我再次对她让步，但我更自由了，我再也感受不到过去不断吞噬我的心的气愤。在我身上，再也看不到焦急的情绪，相反，有的只是一个秘密的愿望：推迟那个不祥的时刻的到来。

这种情绪在爱蕾诺尔看来反而觉得更亲热、更富于感情，她自己也没有那么痛苦了。而我呢，以前尽量避免的闲聊，现在却求之不得；那些缠绵悱恻的情话，过去听了就腻味，现在却感到宝贵。我尽情地品味着这些情话，仿佛每一句都有可能是最后一句似的。

一天晚上，我们比往常更亲热、更甜蜜地聊着，聊过后，就各自走了。深埋在心中的秘密使我变得郁悒不乐，不过，这种郁悒倒也并不强烈。我希望分手，而时间还未确定，这使我将分离的念头暂时排除了。

夜里，我突然听到城堡里响起了一阵少有的嘈杂声。声音很快就停止了，我根本就不在意。清晨，我记起了那声音，想知道个究竟，便举步向爱蕾诺尔房间走去。人们告诉我，半夜里，爱蕾诺尔发了高烧，仆人请来的医生说，她生命垂危。她严格禁止人家把事情告知我，禁止让我走进她房间去。听到这些，我简直惊呆了！

我坚决要求进去。医生亲自走出来告诉我，必须让她安静，绝不能使她激动。医生其实并不知道个中内情，他认为爱蕾诺尔之所以禁止我进去，是希望不要引起我的惊恐。

我慌慌张张地询问她的仆人，她何以这么突然病危。他们告诉我，昨天夜里，我走后，她收到了一封从华沙来的信，是一个骑马人送来的。她打开信看过后，就昏迷过去了；醒来时，她一声不响扑到床上去。她的一个随身女仆见她受刺激到这种地步，便悄悄留在房间里，不让她知道。半夜，女仆见她周身发抖，把床震得嘎嘎直响。女仆想去叫我，她竭力阻止，神情十分恐怖，大家都不敢不听从她的。人们派人去请来了医生。爱蕾诺尔一开始就拒绝与医生说话，现在也还不理睬他。她断断续续地说了一些叫人无法听懂的话，常常把手绢往嘴巴里塞，像是要避免说出话来。这一夜她就这样度过了。

正当他们把这些详细情况告诉我的时候，守护爱蕾诺尔的另一女仆惊恐万状地跑了过来。她说，爱蕾诺尔几乎失去了知觉，周围的东西什么也分辨不出了。她有时候发出叫喊声，反复地叫着我的名字；然后惊骇地做了个手势，像是示意要人家驱除某样令她憎恶的东西。

我走进了她的房间，看见她床下飘落着两封信，一封是我写给T男爵的，另一封是T男爵写给她的。这一噩梦般的谜的谜底我心里最清楚不过了。我原想竭尽全力，争取时间，让我们最后分手前更好地相处，不料这种努力反倒把我想抚慰的这个不幸的女人坑害了。抛弃她，这是我向T男爵许下的诺言，爱蕾诺尔已经看到我亲手写在纸上了。但是，我许下这诺言仅仅是为了拖延时间，出于要与她多相处一些日子的愿望。这愿望如此强烈，甚至使我以各种方式重复和说明我的诺言。T男爵以其冷漠的眼光，透过信中字里行间再三的保证，不难发现我极力加以掩饰的优柔寡断以及我的缓兵之计。但是，这狠心的男爵竟估计到爱蕾诺尔会从中看出这是无法挽回的判决。

我走近她身旁，她看着我，没有认出我来，我跟她说话，她却瑟缩发抖。

“这是什么响声？”她大声地说，“这是给我带来灾难的声音。”

医生发现我在场会使她更狂乱，便请我离开。这漫长的三小时里，我所感受的痛苦该如何描述啊！医生终于走了出来，他说，爱蕾诺尔已经进入昏睡状态，如果她醒来时热度能退下来，他就有信心把她抢救过来。

爱蕾诺尔睡了很久。获悉她醒过来，我便给她写了一张纸条，要求准许我进去探望她。她让人把我叫了进去。我跟她说话，却被她打断了。

“但愿我不要从你那里听到任何冷酷无情的话语了。”她说道，“我不再祈求也不再阻止什么。不过，我曾经珍爱的这声音，曾经在我心底里回响的这声音，但愿它不要渗进来把我的心撕碎。阿道尔夫，阿道尔夫，我过去很暴躁，我可能得罪了你。但是，你不知道，我经受了多大的痛苦。老天爷啊，但愿你永远不会知晓！”

她激动到了极点。她将前额贴在我手上，前额是滚烫滚烫的。她全身剧烈地挛缩起来，使脸部变了形。

“亲爱的爱蕾诺尔，”我高声地说，“看在老天爷名分上，请你听我说。是的，我是个罪人，这封信……”

她打战了，想走开，我把她拉住。

“我太软弱了，受人纠缠，”我继续说道，“对 T 男爵的残酷要求，我一时让了步。然而，我是不会同意把我们分开的，你自己不是有无数的证据足以证明这一点吗？我曾经感到不满，心情不愉快，也不够公正；也许，你在同不安于现状的幻想猛烈搏斗时，过分看重了那转瞬即逝的没有行动的微弱愿望，而我今天是鄙视那种愿望的。但是，你能因此而怀疑我的深情厚谊吗？咱俩的心灵不是有着千丝万缕的联系，什么东西也无法打破的吗？我们的一切经历不是有其共同之处吗？在回顾刚刚过去的三年的时候，我们能够不想一想我们曾经有着相同的感受，曾经甘苦与共吗？爱蕾诺尔，从今天起，咱们开拓一个新局面吧，记住那幸福和相亲相爱的时光吧！”

她用怀疑的眼光看了我好一会儿，才说道：

“那么，令尊大人，还有你的义务、你的家庭、人们寄希望于你的，就……”

“毫无疑问，”我回答说，“一旦，也许有一天……”

她注意到我说话时的犹豫。

“天呀，”她大声地自言自语道，“为什么他刚给我以希望，便又立即从我手中夺走呢？”

接着，她对我说：

“阿道尔夫，感谢你所作的努力，这种努力对我很有好处，尤其是它不需要你作出任何牺牲，但愿如此！不过，我求求你，将来的事，咱们就别谈了……不管出现任何情况，你什么也别责怪自己。你曾经对我很好，我过去所希望的是不可能实现的事。爱情是我的命根子，而不会是你的命根子。现在，请你再侍候我几天吧。”

说完，她眼睛淌着泪水，如泉喷涌，但呼吸却顺了点儿。她把头枕在我肩膀上，说道：

“我始终希望，就靠在你的肩膀上死去。”

我把她搂在怀里，贴在我的心口，我又一次发誓放弃我的计划，否认了我的残忍的狂暴举动。

“不，”她又说道，“你应该自由，应该高兴。”

“如果你身处不幸，我能够自由和高兴吗？”

“我不幸的时间不会太长了，你也不会有很长时间怜惜我了。”

“我远远抛开恐惧，我愿意认为那是毫无根据的。”

“不，不，亲爱的阿道尔夫，当一个人久久地祈求一死的时候，老天爷终归会送来某种可靠的预兆，告诉我们，我们的祈求正得到满足。”

我向她发誓，永远不离开她。她却说：

“我过去一直希望死去，现在我确信这点了。”

时值冬日，太阳愁惨惨地照耀着灰蒙蒙的原野，似乎是在同情地看着这块它不再给予温暖的大地。爱蕾诺尔提议出去溜达溜达。

“天气很冷。”我对她说。

“没关系，”她说，“我想与你散散步。”

她挽着我的胳膊出去了。我们走了很久，一句话也没说。她步履艰难，几乎整个儿地靠在我身上。

“咱们歇一会儿吧。”我提议。

“不，”她回答说，“能够再让你搀扶着，我觉得很愉快。”

我们重又沉默不语。天空多么明净，可惜树木光溜溜的没有一片叶子，没有一丝儿风吹来，没有一只鸟儿掠过，一切都寂然不动。唯一能听到的只是结冰的草地在我们脚下噼啪作响的声音。

“这一切多么静谧啊！”爱蕾诺尔对我说，“大自然是多么温顺！人的心难道不应学得温顺一点儿吗？”

她在一块石头上坐下，突然扑通一声跪在地上，

我们走了很久，一句话也没说

旋即把头低下，用双手抱着。我听到她低声地说了几句话，我知道她是在祈祷。后来，她终于站了起来。

“回去吧，”她说，“我着凉了。我担心自己的身体支持不住了。什么也别跟我说了。听你说话，我是受不了的。”

自从那天起，爱蕾诺尔的身体日渐衰弱，气息奄奄。我邀集了四方医生给她诊治。有的医生宣称这是不治之症，有的则用渺茫的希望来安慰我。但是，阴森可怖、不声不响的老天爷正用它那无形的手臂继续去干它那无情的活计。爱蕾诺尔时昏时醒。有时候，那压在她身上的铁胳膊好像已经移开。她把疲惫不堪的脑袋抬起来，脸颊上呈现了一点血色，眼睛也明亮有神了。可是，顷刻之间，在一种无名的力量的残酷作用下，这一转好的假象消失了，连医生也不能测出其中原因来。

就这样，我眼睁睁地看着她一步步走向末日，死亡的征象印上了这张曾经是那样高贵、那样富于感情的脸庞。我目睹这个性格刚毅、自负的人，由于肉体上的痛苦，脸上出现了纷繁复杂的表情，宛如那受肉体压制的灵魂，在这可怕的时刻，完全改变了形态，以便于顺应器官的衰败。这情景真是目不忍睹，催人泪下啊！

爱蕾诺尔心中只有一种感情是永远不变的，这就是她对我的爱。她身体虚弱，很少能跟我说话，但是，她的双眸默默地注视着我。在我看来，这目光好像是在恳求我给予她我再也无法给她挽回的生命。

我怕引起她的过度激动，便找借口出去了。我信步而行，凡是我与她到过的地方都跑遍了，石头上，树脚下，一切引起我对她的回忆的物件，都洒满了我的泪水。

这并非对爱情的惋惜，而是一种更忧郁、更悲伤的感情。爱情与被爱的对象融会在一起，即使是面临绝境，也还有某些魅力。爱情与现实搏斗，与命运搏斗，其热烈的愿望，会使它错看自身的力量，并使它在痛苦中受到激发。我的痛苦浓重，而且无人相告。我并不希望与爱蕾诺尔一起死去。她去后，我就要独自生活在这个荒凉的世界上，过去，我曾多少次渴望无拘无束地周游这世界。我毁掉了这个爱我的人，撕碎了这颗陪伴我的心；正是这颗心，以其不懈的爱，为我奉献自己的一切。现在，孤独感已经向我袭来。

爱蕾诺尔虽然还在呼吸，但我再也不能向她倾诉自己的感受了。在这个地球上，我已经茕茕一身，再也不能生活在她为我安排的爱的乐园中了。我感到，我所呼吸的空气更苦涩，我所遇到的人表情更加冷漠。整个大自然似乎在对我说：我即将永远失去爱。

爱蕾诺尔的生命须臾间变得十分危急。有些不可轻视的症状表明她已临近末日了，教区的牧师已如实告诉了她。

她叫我把一只盒子拿来，盒子里装着许多信件，她让人当着她的面烧毁了好几封。但她好像还要找一封，却没有找到，因此焦灼到了极点。在翻寻过程中，她两次昏迷过去。我哀求她停止这种令她极度不安的寻觅。

“我答应你的请求，”她回答说，“但是，亲爱的阿道尔夫，我有一个要求，请你别拒绝。你会在这堆信里，找到一封给你的信。请你不要读这封信，把它付之一炬吧，以我们爱情的名义，以你使之变得融洽了的这最后时刻的名义，我求求你。”

我答应了她，她才平静下来。

“让我现在来尽尽宗教的义务吧，”她对我说，“我有很多过错需要补赎，我对你的爱情也许就是一个过错。当然，如果这爱情曾经使你幸福，我就不会这样认为了。”

我离开她出去了，后来我才与她的所有仆人一起回来。我们是来参加最后的庄严的祷告仪式的。我双膝跪在她房间的一隅，时而沉思默想，时而不由自主地好奇地打量着所有汇集在这里的人们，他们有的神色惊恐，有的心不在焉。我还注视这种习以为常的怪事，即把冷漠带进一切规定的习俗中，使人把最庄严、最肃穆的仪式视作家常便饭和纯粹形式的东西。我听到他们机械地跟着念挽词，好像他们就不会有一天也在同样的场合中成为当事人似的，好像他们自己就不会有一天也要死去似的。我并不鄙视这类习俗。有哪一种习俗人类敢于无知地宣布它没有用处呢？正是这一类习俗使爱蕾诺尔恢复了宁静，帮助她跨过这可怕的一步。我们人人都在向这一步靠近，但是我们没有一个人能预料到时会有何感受。人需要宗教，这一点我并不感到诧异，奇怪的是，人们一旦自以为有本事，能够躲避灾难，就敢于拒绝某种宗教。其实，依我看，人在衰弱的时候，就得祈求一切宗教的庇护。

当茫茫黑夜笼罩着我们的时候，亮起了一丝光线，我们可以将它驱除吗？当惊涛骇浪要吞噬我们的时候，遇上了一根树枝，我们敢于拒绝去抓住它吗？

这种如此凄恻的庄重仪式，似乎使爱蕾诺尔觉得疲乏。她昏睡过去了，睡得相当安稳，醒来时痛苦略为缓和。

房子里只剩下我了，我们不时地说说话，但是说一次得歇很长时间。

医生是料事的行家，他预言，爱蕾诺尔活不到二十四小时了。我时而看着墙上指示时间的挂钟，时而看着爱蕾诺尔的脸庞。这张脸上没有任何新的变化。每过去一分钟，都重新燃起我的希望，我甚至怀疑骗人医术的预兆。

突然，爱蕾诺尔出其不意地向前扑去，我赶紧把她抱在怀里。她全身抽搐，双眸在寻找着我，但是眼神惊骇、茫然，像是要向某个我看不见的可怕的妖魔求饶似的。她再度起来，又跌倒下去，大家看到她极力想逃避的样子，似乎正与一个隐形魔鬼搏斗。魔鬼等待那致命的时刻等得不耐烦了，硬要拉住她，把她按倒在这张死人床上。她拗不过凶恶的死神，最后只好让步了。她的四肢逐渐瘫软下来，但又好像是恢复了一点知觉，因为她拉着我的手。她想哭泣，但是没有眼泪；她想说话，然而却没有声音。她像一个逆来顺受的人一样，任由自己倒下去，脑袋靠着我那扶持她的胳膊上，呼吸变得更加微弱了，不一会儿，她就离开了人间。

我久久地木然呆立在死去的爱蕾诺尔身旁，心里还一直不相信她已经死去。眼睛愣愣地盯着这具毫无生气的躯体。

一个女仆进来了，接着，她把噩耗传遍了整座住宅。

我完全陷于麻木状态中，周围的嘈杂声才使我回过神来。我站起来，这时候，才感受到撕心裂肺的痛苦和永别的可怖。多少日常的繁忙活动，多少与她再也无缘的事务和生活中的熙来攘往，驱散了我长时间的幻觉。这幻觉，使我以为还跟爱蕾诺尔在一起。我感到最后一丝联系割断了，残酷的现实永远将我和爱蕾诺尔分隔开来。过去，我渴望自由；现在，自由令我多么难受！过去，我厌恶依附关系；现在，我的心多么需要依靠！从前，我的一切行动都有目标，每做一件事都确信可以免除痛苦，或者带来欢悦！那时，有一双友爱的眼睛关注着我的举动，而这举动又与他人的幸福息息相关，我对此却感到不耐烦，我曾为此而抱怨。现在好了，谁也不去注意我的一举一动了，我的举动也不会引起任何人的兴趣了，再也没有人来争夺我的光阴和时日了。当我出门的时候，也没有谁把我叫住了。我确确实实自由了，再也得不到爱，在大家的眼中，我成了陌生人。

仆人按照爱蕾诺尔生前的嘱咐，给我拿来了她所有的信件。每封信上的字里行间，都充满了她对我的爱，可以看到她为我所作出，却又瞒着我的牺牲的新证据。我终于找到了她说过要烧掉的那封信。一开始，我没有辨认出来，因为信上没有抬头，也不套信封。可是有些词句吸引了我的视线，我试图将视线移开，但是没有成功。我实在无法抵挡通读全信的欲望。爱蕾诺尔是在得病前的一场激烈争吵后写下这封信的。我真没有气力将信转抄在这里。信是这样写的：

阿道尔夫，你对我为何如此狠心？我犯了什么罪？是因为我爱你，是因为我活着不可能没有你吗？

你出于何种古怪的怜悯心情，才不敢断绝令你难受的关系，才去伤害你出于怜悯才待在她身边的这个不幸的女人呢？我只要相信你起码是宽厚的，就会从悲伤中得到一点欢悦，但你为什么连这点乐趣也拒绝给我呢？你为什么老是怒气冲冲，却又软弱无能呢？我的痛苦你一直是知道的，而其惨状却未能使你罢休！你到底要怎样呢？要我离开你吗？难道你看不出我没有力量这样做吗？啊，你已经没有了爱情，那就该你，该由你来找出这力量。这力量就在那颗对我已经烦腻的心中，不管多么深厚热烈的爱情，也无法将它打动；这力量你是给不了我的，你只会让我在泪水中受煎熬，你只会叫我死在你的跟前。

她接着又写道：

你说吧，会有哪一处地方，我不跟随你去的呢？我愿在隐居处藏匿起来与你过日子，不成为你的包袱；有哪一处幽居之所我不愿意去啊？可是，你却不愿意这样。我畏畏缩缩、胆战心惊（因为你把我吓坏了）地向你提出的一切计划，你都不耐烦地加以拒绝。我所得到的，如果是沉默，就算万幸了。你这般冷酷无情，与你的性格并不相符。你的本性善良，行为高尚、忠诚。但是，你有哪些行动能抵偿你说过的话呢？这些尖酸刻薄的话在我耳边回响。连夜里也能听到；这些话缠扰着我，令我肝肠寸断，使你所做的一切为之失色。阿道尔夫，难道我还得死去吗？好吧，你会满意的；这个你曾经保护过、现在却又沉重地加以打击的可怜的女人，她会死去的；这个一心追随你而你却不能容忍，并视为障碍的讨厌的爱蕾诺尔，她会死去的；因为她，你在地球上无法找到一块不令你烦腻的地方。她会死去的；你会独自一人到那群人当中去，你现在正急不可待地要跻身于他们的行列了，你今天感谢他们冷眼旁观的那些人，你是会认识他们的。也许有那么一天，你被那些冷漠的心伤害了，你会为失去你曾支配过的这颗心感到痛惜。这颗心全赖着你的爱泉滋润，为了保护你甘冒千难万险，而你却不屑报以一瞥。

# 作者致出版商的信

先生:

现将你赐阅的稿子奉还。对于你的雅意,我谨表示谢忱,虽然这引起了我不愉快的回忆——时间本来已把这回忆抹去。

这部书中所出现的人物,我大都认识,因为故事本身写得太真实了。我常常见到这个古怪而不幸的阿道尔夫,他既是作者本人,又是书中的主角。那位妩媚可爱的爱蕾诺尔,理应过上更甜蜜的生活,博得一颗更忠贞的心,但是,她却受制于那个和她一样可怜的有害人物,他以某种魅力俘虏了她,并且由于他的懦弱,把她折磨得心碎欲绝。我曾经好言相劝,试图将爱蕾诺尔从那人的手中拯救出来。唉!我最后一次见她的时候,还以为多少能给她一点儿力量,能使她的理智战胜感情。后来我们分离了,而且分离的时间太长了，等我回到告别她的地方的时候，我所能找到的只是坟墓一座。

先生，你应当将这一段逸事发表，它从此不会刺痛任何人了，而且，依我看，也不无好处。爱蕾诺尔的不幸证明，即使是最炽热的感情，也无法与现实事物的秩序抗衡。社会太强大了，它以五花八门的面目出现，把苦药掺进它没有加以认可的爱情之中；它助长心灵的病患：那种易变的习性与难耐的腻烦；在知己关系方面，也时而突然受这两者的侵袭。

那些冷漠薄情的人起劲地打着道德的招牌去非难别人，假借对美德的热忱去损害别人，似乎一见到爱情他们就讨厌，因为他们根本不可能去爱。一旦有了某个借口可以利用的时候，他们便攻击爱情，毁掉爱情，以此为快事。所有的因素都联合起来毒害这种感情，而当社会不必一定要视之为合法而对此尊重的时候，便以人心中最恶毒的一切，去抑制内心一切美好的东西，以反对这种感情，于是，完全依从于这种感情的女人就倒霉了！

阿道尔夫在抛弃了那爱他的人儿之后，并不感到稍为安心、稍为平静、稍为舒畅。他以那么大的痛苦、那么多的眼泪换来的自由，对他竟毫无用处；他使得自己该受谴责，也使自己值得别人的同情。如果你还考虑到这些，阿道尔夫的例子也并非没有教育意义。

先生，如果你还需要证据，那就请你读一读这些信吧，它能使你了解阿道尔夫的命运。你将会在各种不同场合见到他。他是自私心和同情心的受害者。这种自私心和同情心给他造成不幸，也给别人带来不幸。他明知不对却偏去作孽，作了孽之后又绝望地退缩；与其说他是因其弱点倒不如说是因其素质而受惩罚，因为他的素质源于他的冲动，而不是来自他的道德原则；他时而非常忠诚，时而又十分冷酷，但总是以忠诚开始，以冷酷告终，因此他留下的足迹只是他的过失的记录。

## 出版商复信

先生：

寄回的书稿，当然，我会出版的，这并不是因为我像你一样，认为该书会有什么用处。在这世界上，每个人都是靠自己的教训才学到东西的。读这本书的女人，都会自以为自己遇到的情人比阿道尔夫要好，或者自以为比爱蕾诺尔高出一筹。我出版这本书，是因为我将它看作描述人的精神贫困的一出相当真实的故事。

如果这本书包含一个有益的教训，那么，这个教训首先是对男人而言的。这本书表明：那种人们为之自豪的才智，既无助于获得幸福，也不能赋予他人幸福；同时也表明：志气、毅力、忠贞、善良是与生俱来的天性。我并不把短暂的怜悯称为善良，因为那种怜悯克制不住烦腻的情绪，也防止不了去触动一时的悔恨曾经使之愈合的旧伤痕。

生活中的大问题，就是有人造成痛苦，而对于把爱己者的心伤透的人，纵使是最巧妙的玄学，也是无法为之辩解的。况且，我憎恶那种自命不凡的才子，他以为可以原谅自己的辩白。我憎恶那种虚荣心十足的人，他诉说自己所造成的损害时关心的也是他自己，他自我描绘一番，有意博取同情；他傲然在废墟中间游荡，不受伤害；他作自我分析而并不悔悟。我憎恶那种懦弱的人，他自己无能，却老是责怪别人；他看不出祸患并非在他周围，而是在自己本身。

我会猜到，阿道尔夫正是受到他自己的性格的惩罚；他并不遵循任何确定的道路，没有做出任何有益的事情；他耗尽了自己的才能，没有任何方向目标，有的只是任性，没有任何力量，有的只是火气。我还要说，即使你们不把那些关于他的命运的新情况告诉我，我也是会猜得着的；我还不知道是否会多少用上这些材料。环境无足轻重，性格才至关重要。要和外部的人与物决裂，那是徒劳的，因为他无法和自身决裂。他常常变换环境，但是，每到一处，那希望甩掉的苦恼却相随而至。由于这种状况并不是转换地方就得到改变的，所以，到头来只落得懊悔与内疚交迭，痛苦之上又平添过失。

# 附录

## 灵魂的自省

### ——读贡斯当的心理小说《阿道尔夫》*

董 芳

贡斯当（Benjamin Constant，1767—1830）是法国十九世纪初著名的政治家和文学家，生活在狂飙突变的法国资产阶级大革命和浪漫主义文学思潮初步形成的动荡时期。作为资产阶级自由派的中坚代表，在政治上，他先后反对拿破仑的独裁统治和复辟后波旁王朝的反动政策，发表了一系列抨击时事的政论文章和演说；在文学上，他追随斯达尔夫人，积极引进德国浪漫主义诗歌和戏剧，视古典主义的清规戒律为束缚思想和个性的桎梏，宣扬充满幻想的、主观的个人主义观点，因而被奉为法国浪漫主义运动的先驱。发表于1816年的小说《阿道尔夫》就代表了他在

---

* 本文原刊于《法国研究》，1996年第2期。

文学领域的创建与成就，为他赢得了经久不衰的声誉。

《阿道尔夫》讲述的是一个并不复杂的爱情故事：主人公阿道尔夫出身高贵，受过大学的良好教育。在拜访P伯爵时，出于消遣和满足一时的虚荣心，热烈追求伯爵的情妇爱蕾诺尔。爱蕾诺尔已同伯爵生养了两个孩子，虽未正式办理结婚手续，但已是伯爵事实上的家庭主妇和妻子。她对阿道尔夫的求爱先是拒绝，而后还是堕入情网，直到抛家弃子，同阿道尔夫厮守在一起。但阿道尔夫很快就厌倦了这种虚伪的爱情，把它看成是妨碍自己种种美好前程的羁绊。出于怯懦和同情，经过无数次的犹豫、反复，他终于抛弃了爱蕾诺尔，后者不久就悲痛地死去。

## 承古典文学余韵　启现代小说先河

十九世纪初，更确切地说，法国大革命以后，是法国现代小说产生和发展的黄金时期。在此之前的小说，总的来讲，不是骑士贵妇传奇（romans chevaleresques et courtois），就是民间演义故事。传奇里充满了刻板老套的感伤艳情，而演义故事又往往沦入盗贼、鬼怪出没的黑色恐怖之中（romans noirs）。这些肤浅的流行消遣品甚少有文学价值可言。但是，随着1789年以后封建社会的崩溃、大工业的兴起，政治斗争疾风骤雨般地发展变化，在思想领域和文学领域产生了新的特质。这种特质既承袭了十八世纪启蒙主义思想家卢梭等人所信奉的个性解放、思想自由的美学原则和浪漫抒情的创作风格，又在动荡的革命年代中积攒了丰富的主题和浪漫主义激情的源泉，于是现代小说出现了。贡斯当和斯达尔夫人、夏多布里昂一起，是这方面的先驱之一。他的代表作《阿道尔夫》在心理分析领域取得了开拓性的进展。同夏多布里昂的小说《勒内》一样，《阿道尔夫》没有错综复杂的情节，同时，它与当时已经侵入叙述性散文作品的那种一味抒情的写法也完全相反。过去的小说多写个人身边琐事，现在则着眼于心理分析。后世的一些以心理描写见长的小说，包括普鲁斯特的《追忆逝水年华》，都与《阿道尔夫》有一定的渊源关系。当然，《阿道尔夫》又和现代小说信马由缰、扑朔迷离的意识流特点截然不同，它的主人公对自己的心理分析是理智、冷静的，他的叙述条理清晰，语言洗练，散发出古典文学崇高理性的优雅韵味，让人联想到法国文学史上另一部被誉为开心理分析小说先河的十七世纪拉法耶特夫人的名作《克莱芙亲王夫人》。《阿道尔夫》是“法国式的心理小说，继承了《克莱芙王妃》的传统”[1]，但是，贡斯当旧曲新唱，用冷静古典的形式，表现了古典主义时代无人敢涉及的追求爱情、自由和个人幸福的新主题。“因此，不管人们对它如何评说，《阿道尔夫》可被看作最早的现代小说中的一部。”[2]

## 浪漫与古典相映　理智与情感交锋

《阿道尔夫》是“一本只有两个人物，而且情景单一的小说”，但它“别具一番情趣”[3]。那就是女主人公爱蕾诺尔热情人生中散发出来的浓郁的浪漫主义气息同男主人公阿道尔夫自私、冷酷而又软弱的个性和理智、超然的自我分析态度形成的鲜明对比。我们知道，该书是用第一人称写成的，全部是男主人公在叙事过程中对自己言行和心理所作的近乎自虐的剖析以及他对女主人公内心情感的揣摩，其间穿插少许人物对话，此外再无别的情节。一位作者说过“区区环境算不了什么，人物才是一切”，那么就没必要求助于故事的波折，生活中重要的问题是“人们自身所引起的痛苦”。贡斯当自己也说过：“我要在《阿道尔夫》中描

① 《法国文学史》第四卷第一部（1789—1848），巴黎，社会出版社。
② 同上。
③ 见《阿道尔夫》第三版作者前言，法国 Gallimard 1979 年版。

绘我们这个世纪的一种主要病症：这种厌倦、彷徨和虚弱，这种无休止的自我分析，它使所有情感都蒙上了一层私心，使所有情感在产生时就已变质。”[①]阿道尔夫正是沾染了这种世纪病的青年典型。他出身高贵，受过良好教育，厌恶身边庸俗的道貌岸然者，却又无所事事，整日在这种社交场合厮混，对待爱情逢场作戏，只凭一时冲动；而一旦爱情变成枷锁，他便不惜做得冷酷无情，违背自己善良、忠诚的天性，以求重获自由。爱蕾诺尔终于殉情而死，他又陷入永久的悔恨与自责之中。贡斯当说：“我要描述那些内心冷漠的人因引起别人痛苦而产生的苦恼，我还要描述他们以为自己轻浮或堕落的程度比实际情况更甚的幻觉。”[②]这样，阿道尔夫一边叙述，一边评判，这种冷漠无情的心理分析，如同一面明镜，照射出他理智而纤弱的灵魂，同时又把爱蕾诺尔热烈真挚的浪漫形象衬托得更加鲜明。“这个人物就是一团感情，什么社会道德法律她都可以弃之不顾，个人利益她也可以牺牲，追求一种超脱一切计较、一切功利的纯洁爱情。”[③]这种热情性格必然使她与充满了偏见的

---

① 《十九世纪文学》，拉加尔德和米夏尔著，巴黎，Bordas出版社，1969年。
② 见《阿道尔夫》中译本《第三版作者前言》，黄天源译，漓江出版社1985年版。
③ 见《法国文学史》中册，柳鸣九主编，人民文学出版社。

社会环境和阿道尔夫玩世不恭的放浪习性发生矛盾，其结果必然是悲剧性的。这样，爱情的痛苦与悲剧的根源主要不是从社会的、人为的方面去寻找，而是从内部的、情人之间的心理差距和感情的矛盾侵蚀与破坏中去寻找。作者摒弃了各种外在的、非本质的因素，突出了人物心理对事态发展的决定性作用，体现了心理分析小说的主旨。

## 布局谋篇　匠心独具

《阿道尔夫》被誉为心理小说的典范，这种赞誉绝不为过，而且经受住了时间的考验。贡斯当不仅对人物的复杂心理描写得细致而透彻，而且在该书的叙述方式和首尾章节的安排方面也都经过了深思熟虑。

首先，我们注意到男主人公“我”（阿道尔夫）的独白统贯全篇，为这本书造成了一个以内聚焦为特点的叙事语境。在这个语境中既包含了叙述者的自言自语，又包含了他与别人的直接对话、他转述的别人的话语以及他事后（故事中的现在）对以往种种情感的分析和评价，我们读到的故事实际上是经过他的感觉和理智过滤的故事。阿道尔夫生性敏感、脆弱，热衷于自我分析，随着他的视角，我们得以捕捉人心中最微妙最难以察觉的心理变化和情感波动。“该书的心理分析已经具有相当的现代特点，即想竭力潜入人们无意识来源隐藏的奥秘，从捉摸不定、变幻无常中体察深刻的自我。”[①]《阿道尔夫》还通过许多具有普遍意义的格言警句，把个别的心理现象导向人性的一般规律。如“在人的身上并没有完全统一的东西，几乎任何人都不会百分之百地真心实意，也不会完全奸诈无义”，“我们都是变幻不定的天工造物，假装出来的感情，最终竟然感受到了”[②]。这样，我们便认识到为什么阿道尔夫的言行总是前后矛盾、反复无常，为什么他时而冷酷、自私，时而忠诚、柔情，时而激动、兴奋，时而又感到诧异茫然。另外，本书虽然只有男女两个主人公，这唯一的女主人公的全部情感和举止也都是通过男主人公的观察、猜测和转述来实现的。采用这种以一个人物为中心的内视角方式，能够避免把爱蕾诺尔的情感世界一下子和盘托出，转述的过程就是认识他人的过程，就是从未知到已知的过程，从而既增强了心理分析的真实性和层次感，又保持了文体洗练的风格。

其次，值得一提的是，作为心理小说，本书对其他

---

① 《法国文学史》第四卷，巴黎，社会出版社。
② 见《阿道尔夫》中译本，黄天源译，漓江出版社 1985 年版。

一切非意识、非情感的因素都扼要地一笔带过，在叙述中巧妙地穿插对话，几乎没有场景描写。全书唯一的一处景物描写也运用了人格化的手法，让自然景象同人物内心感受和谐地融合在一起："时值冬日，太阳愁惨惨地照耀着灰蒙蒙的原野，似乎是在同情地看着它不再给予温暖的大地。""愁惨惨"和"同情"实际上是人的行为特征，是即将永远失去爱蕾诺尔对他的爱的阿道尔夫冰凉绝望的心情在自然景物上的投射，同时又暗示爱蕾诺尔的死亡即将来临。因此，这唯一的一处景物描写也是出于心理分析和情感变化的需要。接下来的一段文字是："我们重又沉默不语。天空多么明净，可惜树木光溜溜的没有一片叶子，没有一丝儿风吹来，没有一只鸟儿掠过，一切都寂然不动。唯一能听到的只是结冰的草地在我们脚下噼啪作响的声音。'这一切多么静谧啊！'爱蕾诺尔对我说，'大自然是多么温顺！人的心难道不应学得温顺一点儿吗？'"这一句话更是以外部世界比附心灵世界，饱含了爱蕾诺尔多少辛酸难言之苦！爱蕾诺尔并非轻佻逸乐的风流贵妇，她一生都在追求纯洁热烈的爱情，然而超脱一切功利的爱情终究是水月镜花，面对阿道尔夫的薄情与冷酷，她还能企求挽回一点什么吗？"人的心难道不应学得温顺一点儿吗"这句话就浓缩了爱蕾诺尔从大胆追求到俯首无言的感情历程。

上文说过，贡斯当力求把个别的心理现象导向一般规律，从个人的态度举止得出普遍的心理真实。为了强调其故事人物所体现的这种普遍性和真实性，贡斯当特意在小说正文前后增加了“出版商卷首语”“作者致出版商的信”和“出版商复信”。其实，这些都是小说内容的一部分，并非真有某个出版商在向读者推荐此书。比如，在卷首语中“出版商”声称此书来自多年前他游历意大利时拾得的一部某外国人的手稿，后送给“作者”评阅，八天后，“作者”把手稿奉还，并附有一封信，这封信促使他作出印行这本书的决定。这里的“作者”“出版商”都是真正的作者贡斯当笔下的“人物”，这些商谈出版事宜的信件也都是贡斯当虚构的成分。这种结构方式可以达到几个目的：第一，企图使故事显得更客观、更逼真——本书是一个名叫阿道尔夫的陌生人丢失的手稿，其内容真实可信，而非作者杜撰；第二，使书中描写的内容与作者贡斯当本人的私生活拉开距离，避免读者妄加猜测。登在书后的作者致出版商的信以及出版商复信是有意安排的对整个故事的思想意义的评价，也是贡斯当在此的第三个用意。这种假借他人之口讲故事的手法，在传统小说中并不少见，甚至可以上溯到荷马史诗；结尾让作者出场画龙点睛、深化主题的结构形式也非常古典，自然让人联想到拉·封丹的寓言。但把传统的框架故事结构（récitencadré）和寓言故事结构娴熟巧妙地运用于纯粹的心理分析小说，则是贡斯当令人叫绝的独创。

这部小说讲的虽然是一个虚构人物阿道尔夫的故事，但它仍然带有明显的自传性质，流露出作者本人同斯达尔夫人、夏洛特夫人之间的情感纠葛的痕迹。文学史家从阿道尔夫身上看到了贡斯当的影子，也看到了一个沾染了他那个时代世纪病的一代青年的典型形象。因此，《阿道尔夫》篇幅虽短，影响却相当深远。普希金曾说“小说反映了时代，也相当中肯地勾画出当代人的风貌”[①]。此外，《阿道尔夫》简洁沉着的行文风格，与另一位早期浪漫主义文学大师夏多布里昂的作品《勒内》用华丽的辞藻、神秘撩人的异国情调、浪漫浮夸的虚情取悦于人截然不同，“全书并没有任何段落以艺术上的非凡成就令人倾倒，却得到广泛传诵，直到现在仍然被奉为最纯粹的小说”[②]，它冷静敏锐的心理分析，向我们展示了一代人的灵魂，并使它成为心理分析小说的经典之作。

---

① M.雅洪托娃等:《法国文学简史》，辽宁教育出版社 1986 年版。

② 见《法国现代小说史》，米歇尔·莱蒙著，徐知免、杨剑译，上海译文出版社。

# 再版后记

黄天源

出版家刘硕良先生打来电话通知我，法国文学名著《阿道尔夫》中译本被选入漓江出版社即将推出的《旅伴文库·锦囊旧书》，以纪念改革开放四十周年。

《阿道尔夫》是我翻译的学步之作。那时还是 20 世纪 80 年代初，我甫至高校从事法语教学，学问羞涩，翻译更处于蒙昧阶段，但硕良先生着眼于培养文学翻译新人，放手将这一心理分析小说的经典之作交由我来处置。我竟然艺不高，胆却大，接下这单活，并自此开始在翻译的道路上扑腾。后来，翻译成了自己教学之余的副业，也是一种痛并快乐着的爱好，可惜，除了或多或少的一些残痕，几乎了无建树。

今天，重拾《阿道尔夫》，勾起了我的美好回忆。记得那个时候，漓江出版社外国文学出版正蓄势待发，《外国文学名著丛书》是他们推出的外国文学作品的开山系列，法国著名作家贡斯当的这一部中篇小说被列入其中。为了打好第一仗，扩大影响，担任策划人和责编的硕良先生要求，全套书的书名一律由名家题写。这个要求本是创新之举，但是却把我难住了。我步入学术圈未几，人脉稀疏，更无缘结识名人大家。怎么办呢？后来，幸好遇上贵人，得到热心引导和帮助，转辗联系上了冰心先生。冰心欣然同意题写书名。1983 年初夏，我利用到北京出差的机会，登临冰心宅邸索字。我还从来没有和名人打过交道，更遑论求助这样一位名满文坛的作家。当时心情的紧张就别提了。但是，当我见到了已经 83 岁高龄的她的时候，仿佛是见到一位慈祥的母亲，蹦跳的心顿时平静下来。她一直微笑着，让座，听我陈述自己的愿望，对我带去的两包南宁特产凉果开玩笑说："你这是请客送礼啊！"瞧，这分明就是一位敦厚的长者，哪里有一丁点享誉海内外的作家、翻译家和社会活动家的架子呢！

闲聊之后，冰心便在书桌前全神贯注，运气运笔，然后按我的要求一口气写下了译著书名。当我双手接过散发着墨香的题字，只见寥寥数字，字体苍劲有力，刚柔并济，清新飘逸。过了些时候，我的处女译著《阿道尔夫》出版，冰心的题字作为插页放在正文之前，使这本小书“蓬荜生辉”。手捧译著，心中久久不能平静。35 年过去了，冰心题写书名这一幕依然历历在目；冰心的墨宝，我至今仍然珍藏着。

其实，冰心题写书名本身就说明《阿道尔夫》的价值所在。冰心不可能随随便便为一本意义不大的书题字。此次《阿道尔夫》忝列“锦囊旧书”，也是因为这部字数不多的小说在法国文学史上确实占有太重要的地位了。

社会活动家贡斯当其实是个“先锋派”文学家，他在 19 世纪初就一马当先，推出这部心理分析和浪漫主义相结合的小说。小说历经 200 年，不仅没有昙花一现，而且还成了世界文坛的传世之作，让世人至今津津乐道、反复研究。

不要以为这只是一个痴心女子负心汉的老套路，描写男女之情其实并没有太多路径。但是，贡斯当硬是凭着“篇幅有限、人物两个、情景单一”这样简单的食材，烹制出一道美味大餐，这就是作者也是小说的过人之处。

小说的不同凡响在于，一个浪漫主义的爱情故事，被作者运用心理分析的手法，将主人公在游移徘徊的过程中反反复复，爱过却最终不爱，想要摆脱却难以启齿，时而饱受良心谴责，时而又厌恶优柔寡断的自己这样复杂的心理活动描写得极为细腻，别具情趣。从心理分析着墨爱情悲剧，艺术手法确实不落臼套。两个世纪前的情爱痛苦，放在今天，仍寒气逼人，吹毛断发。

小说没有一味描写阿道尔夫对待爱情由高到低的心理过程，而是在高昂中穿插低落，在低潮中辅以激昂，把人物复杂的性格特征和心理过程真实自然地揭示出来，吸引大众眼球，博取读者芳心。

《阿道尔夫》所发掘出的是资产阶级第一代青年中的消极厌世者的阶级共性，并由此衍生的爱情悲剧。正如柳鸣九在《法国文学史》一书所指出，这就是小说的价值所在、深刻所在。

在《阿道尔夫》重版之际，谨作后记。

2018 年 5 月于南宁相思湖畔

请记下你与日子的美好相遇

请记下你与日子的美好相遇

请记下你与日子的美好相遇

请记下你与日子的美好相遇

请记下你与日子的美好相遇

请记下你与日子的美好相遇

请记下你与日子的美好相遇

请记下你与日子的美好相遇

请记下你与日子的美好相遇

请记下你与日子的美好相遇

请记下你与日子的美好相遇

请记下你与日子的美好相遇

请记下你与日子的美好相遇

请记下你与日子的美好相遇